Her, 그녀의 가능성

Her, 그녀의 가능성

1판 1쇄 발행 | 2020년 6월 10일

지은이 | 백경희
발행인 | 이선우
펴낸곳 | 도서출판 선우미디어
　　　　등록 | 1997. 8. 7 제305-2014-000020
　　　　02643 서울시 동대문구 장한로12길 40, 101동 203호
　　　　☎ 2272-3351, 3352 팩스: 2272-5540
　　　　sunwoome@hanmail.net
　　　　Printed in Korea ⓒ 2020. 백경희

값 13,000원

※ 잘못된 책은 바꿔 드립니다.
※ 저자와 협의하여 인지 생략합니다.
※ 이 도서의 국립중앙도서관 출판예정도서목록(CIP)은 서지정보유통지원시스템 홈페이지
　(http://seoji.nl.go.kr)와 국가자료공동목록시스템(http://www.nl.go.kr/kolisnet)에서 이용하실 수
　있습니다.(CIP제어번호: CIP2020022257)

ISBN 978-89-5658-642-7 03810

백경희 수필집

Her, 그녀의 가능성

선우미디어

숫자에서 문자로

내 의식의 턴오버(Turnover)가 시작되었다. 정년이라는 터닝 포인트다.

의식과 무의식이 교란되어 혼돈에 빠진다. 인간 본연의 외로 움과 까닭 모를 불안, 두려움도 불쑥 고개를 내민다.

사회로 향했던 시선을 거둬들이고 이제 나 자신으로 돌아와 야 할 시간.

무얼 할까 생각하다 자신을 들여다보는 방법으로 수필을 택 했다. 글은 살아온 이력이자 삶의 관점이고 철학이니까.

나는 어떨까.

수필을 쓰면서 엉켜 있고 떠돌던 생각들이 정리되고 형체가 드러난다. 읽을 사람들의 생각도 수용하기로 한다. 그 과정에서 뜻밖에 세상을 유영하던 내가 존재로서 자리 잡았다.

모든 물질에는 한계효용체감의 법칙이 적용되지만, 물은 생명의 필수요소이므로 효용은 사라지지 않는다. 물은 모든 것을 수용하지만 독특함이 없다. 목마름을 해소할 상쾌함은 물속에 담겨 있고, 우리는 또 잊으며 산다.

물과 함께 살아온 세월로 인해서인지, 나는 지금 물과 닮아가고 있다. 나의 글에 와인의 화려함은 없다.

그저 단어 하나가 누군가의 마음에 잠시 머무를 수 있으면 그것으로 기쁠 것이다.

다시 맑아지고 고요해지길 기다린다.

2020년 6월

백 경 희

차례

작가의 말

제1부 · Her, 그녀의 가능성

제4부 · 이타심은

제5부 · Turnover

1

Her, 그녀의 가능성

전시는

예술과 삶의 역동적인 관계를

다시 생각하는 계기가 되었다.

고정적이고 상식적인 사고에 새로운 바람을 일으켰다.

빛과 시간을 의식의 흐름대로 좇아가보면 숨겨져 있던

어떤 가능성이 모습을 드러낼까.

그녀 안에 숨쉬고 있는 바람과 빛은 무엇일까. 그

들은 시간의 궤적에 따라 무엇이 되어 나타날까.

그녀의 가능성을 들여다본다.

길이 보이지 않는 곳에 빛을 비추고 싶다.

−본문 중에서

작은 대화

비가 촉촉이 내린다. 창가에 앉아서 밖을 내다본다. 붉게 물들기 시작하는 나뭇잎에서 물방울이 구른다. 길게 고인 웅덩이, 떨어지는 빗방울 수에 맞춰 파랑이 동글동글 줄지어 일어났다 사라진다. 우리의 일상도 수없이 피었다가 사라지고 또 피어난다. 광고판을 입은 버스가 떠나간다. 못다 읽은 광고판에서 벗어난 시선을 집안으로 거둬들이고 거실을 둘러본다.

정갈하게 닦은 테이블에 레이스를 펼친다. 오늘은 「마담 보바리」의 엠마, 「오만과 편견」의 엘리자베스 그리고 버지니아 울프의 댈러웨이 부인을 초대한다. 엠마에게 어울리는 찻잔을 고른다. 엠마와 한 번쯤 만났을 하빌랜드 티팟과 찻잔을 꺼내고 스트레이너와 애플 티를 준비한다. 이단 트레이에는 마카롱과

스콘을 올려놓았다. 화려한 상류사회와 뜨거운 사랑을 꿈꿨던 엠마에게 따뜻한 차 한 잔을 권한다. 그녀는 자신이 되고 싶은 상상의 모습을 진정한 자아라 착각해 상상적 도피를 했다. 이런 심리상태를 보바리즘이라 부르며 비웃지만, 우리의 모습도 투영되어 있다. 사과 향이 따뜻하게 번지고 음악이 흐른다. 엠마는 샤프란 색의 모슬린 드레스를 입고 단정하게 앉아 있으나 눈길은 불안하다. 뭔가 변명하고 싶지만, 각자 자신의 마음속을 들여다보라는 듯 도발적인 시선으로 시크하게 쳐다본다.

엘리자베스에게는 소박한 로얄 알버트 쁘띠 포인트 찻잔에 얼그레이를 담아낸다. 그녀는 엠마와 함께 자신을 초대한 이 자리에 거부감을 느낀다. 그러나 엠마의 욕망이 빚어낸 비극적 결말을 알기에 따뜻한 시선을 보내려고 노력한다. 댈러웨이 부인은 오늘 저녁 집에서 열리는 파티를 준비하기 위해 꽃을 주문하고 런던 시내를 산책하다 막 돌아오는 길이다. 하이드파크에서 전쟁 후유증으로 환청에 시달리는 군인 부부를 보고 온 후라 자신의 신경 불안증세가 도지려 하고 있다. 따뜻한 차 한잔으로 마음을 추스르고 싶다. 엘리자베스의 시선에서는 위안을, 엠마에게서는 결이 다른 동질감을 느낀다. 자신은 과거를 돌아보면서 마음을 풀어내고 있지만, 엠마는 삼류 연애소설에서 본 헛된 사랑과 열망을 꿈꾸다 인생을 망가뜨렸다. 그녀의 미숙하고 연약함, 자기만의 삶과 방을 갖지 못한 채 비극을 맞은 그녀에게 연민과 비난이 섞인 복잡한 시선으로 그녀를 바라본다.

엠마는 마카롱을 집는다. 당데르빌리에 후작댁에 초대를 받아 처음으로 자신이 접했던 상류사회의 상징물이다. 마리 앙투아네트가 좋아했던 마카롱! 후작의 장인인 라베르데에르 노공작은 앙투아네트 왕비의 애인이기도 했다. 엠마의 열망하는 표정에 엘리자베스와 댈러웨이 부인의 차가운 시선이 엇갈린다.

엠마가 사교성을 발휘해 침묵을 깬다.

"삶을 뒤엎고 마음을 온통 심연 속으로 몰고 가는 폭풍을 느껴 본 적 있으세요?"

"사랑이 온통 그럴 것이라는 건 편견이에요." 엘리자베스가 싸늘하게 말한다.

"……." 생각에 잠겨있던 댈러웨이 부인의 시선이 엠마를 향한다.

인성이 바뀌는 건 역시 어려운 일이다. 엠마가 자신을 자각하고 주체적인 삶을 살아갈 수 있도록 하려면 어떤 도움이 필요할까. 순수한 그녀에게 자신이 읽었던 책을 소개하면 좋을까. 엠마의 삶을 낱낱이 해체하여 자신을 돌아볼 수 있도록 그녀에게 보여줄까.

그녀들을 보면서 생각에 잠긴다. 엠마의 보바리즘 약간, 엘리자베스의 편견 그리고 댈러웨이 부인처럼 생의 기억과 회상을 콜라주로 만들어 내면세계를 분석해 보고 싶은 마음이 한데 어울려 나를 이룬다. 여러 성향이 뒤섞여 형성된 내가 어느 한 방향을 향해 달려갔다면 어떤 인생이 되어있을까. 한 방향으로 치우치지 않도록 적당히 당겨주었던 줄을 느낀다. 체코 프라하에서 본 인형이 생각났다. 삼 백 년 전통을 자랑하며 정교하게 움직이는 인형들. 나에게 얽혀 있는 수백, 수천 개의 줄을 움직이며 균형을 잡는 주체는 누구일까. 오늘 초대한 세 여인보다 나이가 많음에서 오는 성숙함일까. 운명일까, 절대자일까.

개성이 강하지 않은 본성에 조금 닦여진 인성, 그리고 교육과 인연들이 어우러져 모나지 않은 부드러운 움직임을 선사하고 있다. 자존감과 함께 눈은 순해지고, 입꼬리가 살짝 올라간다. 세 여인과 눈을 맞추고 따뜻한 포옹을 나눈다.

그 후 이야기
– 테네시 윌리엄스 연극 「유리 동물원」

미국의 경제공황 시기. 엄마 아만다는 젊은 시절을 회상하며 지내고, 아버지는 어디론가 떠나버린 지 오래. 딸 로라는 다리를 약간 절며, 유리로 만들어진 작은 동물을 보며 집안에서만 지낸다. 아들 톰은 유일하게 집안의 생활을 책임지고 있다. 톰은 직장동료인 짐을 초대한다. 약혼자가 있는 짐은 분위기에 휩쓸려 로라에게 입을 맞추고, 로라의 유일한 위안이었던 유니콘의 뿔을 깨뜨린다. 그날 밤. 톰은 외항선을 타고 멀리 떠나버린다.

–연극 「유리 동물원」의 줄거리

연극을 보고 난 후 로라가 나의 머릿속을 맴돈다. 그녀를 세상 속에서 살게 할 수 없을까. 나는 로라가 행복해지기를, 삶의 세계를 찾기를 바라며 로라의 삶을 재구성한다.

새벽녘, 창밖이 어스름하게 동이 튼다. 아만다는 어젯밤 톰이 집에 오지 않았다는 것을 알고, 어두운 거실에서 불안하게 서성이고 있다. 로라가 방에서 나온다.

"로라! 톰이 어제 술에 취해 다른 곳에서 밤을 새운 모양이야. 구두공장으로 바로 출근했겠지? 어두워서 도무지 앞이 보이질 않는구나. 톰에게 전기요금을 빨리 내라고 해야겠어. 구두공장에 다녀올게."

그날 저녁, 얼이 빠지고 초주검이 된 아만다가 거실로 들어온다.

"톰이 공장에 출근하지 않았어. 종일 발이 부르트게 찾아다녔는데, 집에 오는 길에 짐을 만났어. 톰이 배를 타고 멀리 떠났다고 하는구나. 우리는 어떻게 살라고, 톰! 그놈도 제 아비를 닮아선지 책임감이라곤 하나도 없어. 로라! 앞으로 우린 어떻게 살아야 하지."

"쥐꼬리만큼 들어오던 잡지 판매금도 공황으로 줄어들고, 전기는 이미 끊겼는데, 수도도 끊기겠지. 아파트를 팔고, 열악한 공동주택으로 이사를 해야지. 죽지 않을 만큼 절약하면 일 년

정도 생활할 수 있을까. 불쌍한 로라! 좋은 남편을 골라 줄 수가 없구나. 그래도 네가 결혼하는 거밖에 달리 방법이 없어."

공동주택 1층에는 폴란드 출신의 스탠리가 살고 있다. 이사할 때 공기구를 빌리면서 안면을 익혔다. 그는 투박하고 거칠게 보이지만 로라에게 호감을 보였고, 그의 원초적인 건강함이 약한 로라를 잘 돌볼 것 같다. 아만다는 틈이 날 때마다 스탠리에게 도움을 청하고 케이크를 구워 그를 초대한다. 로라는 자신을 뻔뻔하게 훑어보는 스탠리의 노골적인 눈길을 피해 아만다의 뒤로 몸을 숨긴다. 아만다는 미국 남부에서 아름다운 소녀로서 누렸던 부유했던 시절을 꿈꾸듯 얘기하고 자신에게 조금의 유산이 남아 있음을 내비친다. 그때마다 관심을 보이는 스탠리를 흥미롭게 바라보면서.

로라는 아만다의 잔소리에 등이 떠밀려 매일 아침 일거리를 찾기 위해 집을 나선다. 이곳저곳 상점을 기웃거리지만, 사람을 구하느냐는 말을 꺼내지 못하고 발끝만 내려보다 돌아선다. 종일 돌아다니다 지친 로라는 식물원으로 간다. 몇 달 전만 해도 유리 동물원과 축음기로 하루를 보냈다. 외뿔이 깨진 유니콘을 짐에게 선물하면서 유리 동물에게 가졌던 애착이 사라졌다. 튤립이 바람에 휘날리며 향기를 보내고, 색색의 꽃잎이 빛에 따라 변하는 것을 바라본다. 잎의 투명함에 따라 물을 준 날짜도 어림할 수 있다. 꽃의 생기에 기분이 가벼워지면서 막연한 희망이 마음속에서 살짝 인다.

정원사들이 일하는 모습을 자연스럽게 지켜본 지 벌써 삼 개월째. 그녀가 유리 동물을 아꼈듯이 정원사들은 애정을 갖고 꽃과 수목을 돌본다. 규칙적으로 물을 주고, 온도와 통풍을 조절하고 가지를 치고 수목을 살핀다. 그들의 움직임이 아름답다.

오후 다섯 시, 집으로 돌아가야 할 시간이다. 로라는 일어서지 못하고 앉아 있다. 오늘은 엄마가 결혼을 약속하기 위해 스탠리를 초대한 날이다. 동생 톰이 있었다면 엄마에게 화를 내며 스탠리를 밀쳐버렸을 텐데. 톰이 몹시 보고 싶다.

정원사들이 허둥지둥 바쁘게 움직이고 있다. 수석 정원사가 그녀에게 다가온다. 그만 나가라는 소리가 들릴듯하여 로라는 몸을 움츠리며 엉거주춤 일어선다. 정원사는 둥글둥글 웃는 얼굴을 한 오십 대 여자다. 그녀는 몇 달 전부터 로라를 쭉 지켜보았다. 로라는 오후 세 시쯤에 식물원에 와서 피곤한 듯 벤치에 앉는다. 로라는 무릎에 놓인 두 손을 내려다 보다 조심스럽게 눈을 들어 주위를 둘러본다. 바람을 느끼고 꽃들을 하나하나 살펴보다 표정이 밝아진다. 그녀가 꽃을 보며 환하게 미소 짓는 모습이 보기 좋았다.

정원사는 로라에게 꽃나무의 물주기를 어떻게 하는지 아느냐고 묻는다. 로라는 그동안 지켜본 대로 관리하는 방법을 말한다. 몇 달 후 식물원에는 큰 행사가 있다. 엎친 데 덮친 격으로 며칠 전 어린 정원사가 그만두어 일손이 아쉽다. 로라에게 같이 지내며 일하겠느냐고 묻는다. 로라는 오늘 집에 들어가면 엄마의 뜻을 거절하지 못하고 약혼을 하게 될 거란 사실과 함께 스탠리의 얼굴을 떠올리며 몸서리를 친다. 일을 수락한다.

로라는 정원사 일에 재미를 붙이고, 꽃을 사랑하며 정성껏 키운다. 로라는 수석 정원사에게 의지하고, 정원사는 그녀를 딸처럼 생각하며 가르치고 보살핀다. 이제 로라는 무생물인 유리 동물에 집착했던 과거에서 벗어나 사회성이 조금씩 자라나기 시작한다. 살아있는 식물과의 교감을 통해 대화 상대가 꽃에서 나무로, 나무에서 동료 정원사, 관람객으로 점차 넓혀져 갔다. 그녀의 수줍음은 여전했지만, 이전과 같은 답답함이 아니라 모두가 사랑하는 그녀만의 매력으로 자리 잡았다.

물을 주는 정원사에서, 식재하고 병충해를 방제하는 역할로 그녀의 입지는 점점 커진다. 로라는 일 년을 생각했었다. 엄마가 버틸 수 있는 생활비가 그렇고 스탠리와의 결혼을 포기할만한 시간이었다. 그러나 시간은 빨리 지나갔다.

한편, 아만다는 아들 톰에 이어 딸의 가출에 정신이 혼미하다. 톰의 경우와 달리 생계가 아니라, 자신이 없으면 아무 일도 할 수 없는 딸이 걱정되어 다시 시내를 헤맨다. 자신의 운명을 넋두리하며.

로라가 사라지자 스탠리는 아만다를 대놓고 무시한다. 한 달쯤 지나자 이십 대 초반의 동거녀를 집으로 데려온다. 스탠리는 일이 끝나면 술을 마시고 포커를 친다. 술을 마시면 과격해져 동거녀에게 폭력을 행사하고, 그녀는 울면서 아만다에게 도망온다. 아만다는 그녀를 로라처럼 생각하며 따뜻하게 위로한다. 술에 취한 스탠리가 동거녀를 부른다. 아만다의 만류에도 불구하고 그녀는 집으로 뛰어 내려가 스탠리에게 안긴다. 로라와 결혼했다면. 로라는 스탠리를 거부하고 폭력을 무서워하며 하녀처럼 살 것이다. 어디에서 어떻게 살고 있을까, 로라.

벌써 오 년이 지났다. 로라는 시장이 애지중지하는 나무를 식물원에 식재하고 살려내는 데 성공한다. 은퇴하는 수석정원사를 대신해 로라가 그 자리를 맡게 되었다.

수석정원사가 된 로라, 이제 엄마를 만나러 간다.

Her, 그녀의 가능성

눈이 오려나 보다.

깊고 차분한 회색빛 하늘이 시간의 무상함을 느끼게 한다. 조용히 관조하듯 그녀를 지켜본다.

올라퍼 엘리아슨의 〈세상의 모든 가능성〉을 보러 리움미술관에 들어서자, 아이슬란드계 덴마크인 엘리아슨은 예술에 대한 새로운 개념을 제안한다.

빛, 움직임과 시간 등 비물질적인 요소를 시각화하고 이끼벽, 무지개, 우주와 같이 거대한 자연을 미술관 안으로 들여와 세상의 모든 가능성을 보여준다. 기계로 만들어진 유사 자연현상, 다양한 시각 실험으로 이루어진 그의 작품은 그것이 놓이는 장소를 변화시키고, 관람객의 참여를 유도하여 보는 이에게 새로운 인식과 경험의 가능성을 열어준다.

전시관 입구에는 천정에서 내려진 긴 줄에 매달린 '환풍기'가 머리 위에서 제멋대로 떨어지며 흔들리고 있다. 이것도 작품일까, 옆 눈으로 주시하며 천천히 걸음을 옮긴다. 환풍기의 움직임에 따라 머리 위에서 바람이 인다. 바람은 몸으로 느낄 수 있지만, 나무 등 다른 매체의 움직임을 통해서만 그 모습을 볼 수 있다. 여기에서는 바람이 환풍기를 통해 자신을 드러내고 연속적인 움직임으로 궤적을 만들면서 공간을 가른다.

바람이 분다. 라일락 향이 스치는 봄바람이다. 젊은 날의 떨림과 설렘이 느껴진다. 지리산 둘레길, 머리를 맞대고 정자에 누웠을 때 졸음을 부르던 상쾌한 바람이다. 그녀는 아버지를 모시고 화장장에서 나올 때 불었던 살을 에는 바람을 기억한다.

'당신의 예측 불가능한 동일성'은 벽에 부착된 로버트 팔 끝에 LED 등이 달려 있다. LED 등은 로버트 팔에 의해 솟아올랐다가 툭 떨어지고, 왼쪽으로 내던져졌다가 오른쪽으로 보내지며 불규칙하게 움직인다. 하나의 빛이 이리저리 움직이는 것을 눈으로 좇는다. 빛에 고정된 시선은 각을 이루고 원을 이루며 이어졌고, 빛이 만들어낸 궤적은 점점이 이어져 시간을 만든다.

이 작가는 그녀가 빛에 반응하듯, 빛을 굉장히 좋아하는구나 따뜻한 눈으로 조용조용 따라가 본다. 빛 속에 자신을 투사해 본다. 빛은 시간이 되고, 시간은 촘촘히 이어져 한 해를, 그리고 삶을. 의식의 흐름에 자신을 맡기고 순간들을 들여다본다. 감정과 생각은 끊임없이 변한다. 이 변화를 열심히 이어보면 그녀 안에 담긴 가능성을 찾을 수 있을까.

순록이끼를 미술관 한 면에 가득 채운 작품, '이끼벽'은 아이슬란드에서 숨쉬던 이끼를 미술관 벽으로 옮겨와 작품으로 살아나게 했다. 기존에 갖고 있던 벽에 대한 이미지, 소통의 부재, 장막, 보호하는 경계막이라는 갇힌 공간의 경험을 단숨에 바꿔버린다. 넓은 초원에 펼쳐진 잔잔한 들꽃들이 포근히 감싸 안아줄 것 같아 가까이 간다. 순간 가이드의 조용한 일침이 들리고 화들짝 놀란 근육이 재빨리 그녀를 수습한다. 살아있는 이끼에서는 희미한 건초 향이 나고 습도가 낮을 때는 연한 갈색으로, 높을 때는 연두색을 띤다고 한다. 이끼는 연한 갈색이다.

'당신의 예측 불가능한 여정' 앞에 서는 순간, 넓게 펼쳐진 은하단과 마주 선다. 우주가 황홀하다는 것은 이런 장면일까. 가끔 밤하늘을 올려다볼 때 멀리 보이던 별과는 달리 현실성 있게 다가온다. 별자리와 성운에서 영감을 받아 각기 다른 크기의 영롱한 빛을 발하는 금, 은구슬과 남색 노랑 보라 분홍의 유리구슬을 설치한 작품이다. 그녀는 드넓은 은하단 세상 속으로 흡인되어 그 공간을 천천히 유영한다.

드문드문 설치된 유리구슬 거울에 거꾸로 선 모습이 비친다. 우주 공간을 떠도는 우주선 안에서 애타게 지구를 찾고 있는 그녀를 보는 듯하다. 별안간 발을 딛고 서 있는 지구가 사무치게 그리워진다.

어둠들에 둘러싸인 '무지개 집합'은 신비감마저 감돌며 다른 세상을 펼쳐놓았다. 물과 빛으로 만들어낸 무지개가 원형의 무대에 둘러 있다.

보드랍게 내리는 안개비를 어루만지며 비단결 장막을 걷듯 무지개 안으로 들어선다. 안은 동굴처럼 안온하고 모든 소리는 흡입되어 낮게 깔리다가 사라져 자궁처럼 편안하다. 무지개 안으로 들어서면서 일상이 저절로 벗겨지고, 머리는 리셋되어 태초의 인간으로 서 있다. 몸을 둥글게 말아 웅크리고 이 동굴에 눌러 살고 싶다.

젊은 남녀가 팔을 벌려 손을 잡고 머리는 서로를 향해 기울인 채 서 있다. 실루엣이 아름답다.

무지개가 사방에서 빛을 발한다.

벤치에 앉아 잠시 숨을 고른다. 엘리아슨의 예술 작품에서 관람객은 가장 중요한 요소다. 엘리아슨은 관람객을 참여시킴으로써 하나의 작품을 완성한다. 관객은 그의 작품에 친근하게 다가가 교감할 수 있고, 이 다양한 의미와 경험이 그녀를 깨어나게 한다.

전시는 예술과 삶의 역동적인 관계를 다시 생각하는 계기가 되었다. 고정적이고 상식적인 사고에 새로운 바람을 일으켰다. 빛과 시간을 의식의 흐름대로 좇아가보면 숨겨져 있던 어떤 가능성이 모습을 드러낼까. 그녀 안에 숨 쉬고 있는 바람과 빛은 무엇일까. 그들은 시간의 궤적에 따라 무엇이 되어 나타날까. 그녀의 가능성을 들여다본다. 길이 보이지 않는 곳에 빛을 비추고 싶다.

모파상에게 보내는 청구서

모파상 씨! 살아오는 동안 내 머릿속을 맴돌다 문득문득 떠오르는 이름입니다.

고등학교 1학년 여름방학 때 당신이 쓴 '여자의 일생'을 읽었어요. 첫 페이지부터 나는 주인공인 잔느가 되었지요. 잔느는 나와 나이가 같았고 감수성과 상상력도 비슷했어요. 남자인 당신이, 그 나이의 여자가 가질 수 있는 감성을 그토록 잘 표현할 수 있을까 의아할 만큼 당신은 완벽한 잔느였지요.

세상을 모르는 열일곱 살 잔느는 기숙학교를 나와 처음으로 맞이한 세상을 보기 위해 창문을 열고, 달빛 아래 보이는 숲과 멀리 보이는 바다를 바라보고 풀 향기와 해초 냄새를 맡으며 밤의 소리를 들었어요. 멀리 먼동이 터오는 것을 보면서 모호하지

만 찬란한 미래를, 두려워하면서도 희망에 들떠 상상해 보았지
요.

행복이 자기 머리 위를 떠돌고, 신비스럽게 다가오는 사랑을
꿈꾸기 시작했죠. 사랑하는 줄리앙과 산책을 즐기고 그의 체온
을 느끼며 애정의 힘만으로 서로의 은밀한 생각까지 꿰뚫을 수
있으리라 여겼죠. 자신들의 아이가 뛰노는 모습을, 사랑하는 부
부가 황홀한 시선으로 뒤쫓을 거라 상상을 하죠.

결혼 후 모든 것이 달라졌어요.

줄리앙의 관심은 돈과 여자에게 향하고, 그 후 계속된 불행은
설명할 필요가 없을 듯해요. 잔느는 찬란한 젊음을 마음껏 향유
하다가, 어느 날 아침 일어나 보니 갑충으로 변해버린 *그레고
르처럼, 하루아침에 노인으로 변해버린 것 같았어요.

책을 덮고 나니 세상이 달라져 있었어요.

옆집에서 부부싸움 소리가 들리기 시작했고 덩달아 아이들의
울음소리도 크게 들렸죠. 조간신문 사회면을 보고, 주변 사람들
과 그들의 생활을 살펴보며 여자의 일생을 생각하기 시작했지
요.

부모의 보살핌을 받다가 좋아하는 사람을 만나고 적령기가
되면 결혼해서 아이를 낳았죠. 생활에 쪼들리면서 사랑은 안일

한 편안함을 지나 권태로, 남편은 옆 눈으로 다른 여자를 탐하고 바람기를 드러내죠. 여자는 모든 것을 부모에서 남편으로 대상을 바꿔 의지하고, 남자의 성품에 따라 자신의 인생이 결정되었어요.

일반적인 삶은 잔느와 다르지 않았어요.

내 미래를 생각해 보았죠.

환경을 극복하고 자신의 세계를 향해 나아가는 위인과 거리가 먼 나에게는 평범한 여자의 일생이 내 미래였어요. 위대하지도 않은 삶을 반복하는 것은 나무의 나이테에 선을 하나 긋는 것만큼 의미가 없었어요. 학교 가는 길에 땅바닥에 있는 돌도 나와 같다고 생각되었고, 친구들과의 수다도 시들하고 재미없었어요.

수없이 많은 평범한 일생이 왜 태어나고 살아가야 하는지, 창조주는 대체 무슨 생각으로 이런 일을 벌이셨는지 묻고 싶었죠.

청춘을 향한 푸르름과 설렘은 사라지고 내 마음이 출렁이듯이 남자의 마음도 언제나 변심할 수 있고, 그 사실을 알고 나면 세상은 재미없을 것 같았죠. 상처받지 않을 만반의 준비를 하고 사랑을 비껴가며 언제나 주변을 맴돌며 살았어요.

인생을 웬만큼 살아 본 지금, 사랑만이 전부가 아니라 일상 속의 작은 충만과 행복이 큰 고난을 덮고도 남는다는 것을 알았고, 로잔느 말의 의미도 알게 되었어요. '인생이란 사람들이 생각하는 것만큼 그렇게 좋은 것도, 그렇게 나쁜 것도 아니다.'

이것을 깨닫기까지 이미 내 인생의 많은 부분이 지나갔고 되돌릴 길이 없을 만큼 틀이 갖춰졌어요. 한 번밖에 살 수 없는 인생이기에 가지 않은 길로 되돌아갈 인생이 남아 있지 않아요. 나에게 두려움을 주고 내 인생을 지금의 길로 유도한 당신에게 가지 못한 길에 대한 아쉬움을 보상받아야 하겠다고 마음먹었죠.

제대로 된 청구를 위해 당신의 책을 다시 찬찬히 읽어 보았어요. 이제는 잔느의 일생이 아니라 자연주의 작가다운 세밀한 묘사가 생생하게 나에게 젖어 들면서 지금 내가 보는 풍경으로, 상쾌한 밤의 공기로, 내가 거니는 들판으로 다가왔어요. 또 나는 잔느가 되었어요. '역시 대단하군요.' 하면서 책을 덮다가 번역자의 말을 보았어요.

당신이 붙인 제목은 '어떤 일생'이었는데 일본의 번역자가 '여자의 일생'으로 바꾸었고, 일본 번역서를 재번역한 우리에게는 이미 너무 친숙하기에 '여자의 일생'으로 제목을 붙인다는 설명이었어요.

어떤 일생은 특정한 일생을, 여자의 일생은 보편적 일생을 의미하니까 열일곱 살의 나도, 잔느라는 한 여자의 일생이라 생각하며 조금 떨어뜨려 놓고 볼 수 있었겠지요. 당신의 글에 심취해서 잔느의 일생을 평범한 여자의 삶으로 대입해보니 인생의 허무를 보게 되었죠. 줄리앙으로 대변되는 남자는 믿지 못할 존재이며 내 삶의 주인은 나여야 한다고 인식하며 살아왔어요.

그렇지만 당신은 하나의 픽션으로 여자의 삶을 보여주었을 뿐, 그 관점에서 인생을 통찰하고 더 나은 삶으로 나가기 위한 노력은 내 몫이었죠. 잔느의 일생은 나의 삶 속에 스며들어 은근히 나를 재촉하고 돌아보게 했어요. 당신의 숨겨진 의도대로 나는 내 일과 자기만의 방을 갖게 되었지요. 가지 못한 길의 아쉬움은 남겨놓은 채로….

이제 내 인생의 책임을 당신에게 전가하고 싶은 마음과 원망을 내려놓아야겠어요.

모파상 씨! 당신은 위대한 예술가였어요.

* 그레고르 : 프란츠 카프카 <변신>의 주인공

수줍은 컬렉터

거실로 들어선다.

섹시한 색감의 푹신한 방석에 발을 얹고, 클래식한 의자에 앉아 손거울을 들고 자신의 미모에 취해 있는 여인이 나를 반긴다. 여인은 풍만한 가슴과 잘록한 허리에 레이스 페티코트와 화려한 드레스를 입고 있다. 매혹적인 얼굴에, 턱을 살짝 들고 고개를 왼쪽으로 기울여 새초롬하게 보인다. 옆을 바라보면 그 여인이 같은 포즈로 피아노를 치고 있다. 가느다란 손가락이 허공을 날듯이 경쾌하다. 여인은 꿈꾸듯 피아노 연주에 젖어 있고 방안에는 음악 소리가 가득하다.

막 보고 온 샤갈이 오버랩 된다. 샤갈은 음악과 시가 어우러진 마술 같은 그림을 그렸다. 그림이 그려지는 과정을 표현한

미디어 아트는 몽환적이다. 드로잉이 움직이고, 여러 가지 색채가 꽃처럼 물결치며 드로잉에 입혀지면 색채의 마술사, 샤갈의 그림이 되어 화면을 가득 채운다. 아내 벨라를 주제로 한 "연인들", 화폭 속의 꽃송이들이 하나씩 흩어져 내 찻잔과 접시 속으로 들어간다.

나는 수줍은 앤티크 컬렉터다. 처음에는 좋아하는 찻잔에 차를 마실 생각으로 영국에 찻잔 두 조를 주문했다. 이 찻잔은 케이크 접시와 함께 트리오여서 차를 내면 근사했다. 티팟과 찻잎을 거르는 스트레이너까지 장만하니 귀족이 된 듯 흐뭇했다. 앤티크를 조금씩 알게 되면서 독일의 마이센과 드레스덴, 덴마크의 로얄 코펜하겐 그리고 프랑스의 하빌랜드의 티웨어를 모았다. 그들의 생산연도와 가치를 평가하기 위해 바닥에 새겨 놓은 시대별 백 스탬프를 공부하기 시작했다.

내 능력으로는 이쯤에서 접었어야 마땅하다. 테이블 웨어로 시작한 수집이 각 나라에서 생산된 도자기 인형인 포셀린 피겨린으로 옮아갔고 이들에 반해 버렸다. 도자기는 마르코 폴로가 중국을 여행한 후 유럽에 소개해 포셀린으로 불린다. 1709년 독일 마이센을 시작으로, 유럽 각국의 왕들이 경쟁적으로 제작에 직접 참여하였다.

내가 거실에서 바라 본 여인은 카포디몬테 피겨린들이다. 옛

나폴리 왕국에서, 나폴리만이 한눈에 내려다보이는 언덕에 화려한 카포디몬테궁을 짓고 여기에서 도자기를 제작한 것이 시작이다.

여인의 가슴에 뽀얀 먼지가 보인다. 목욕을 시켜볼까. 큰 그릇에 미지근한 물을 담아 목욕 세제를 조금 넣고, 작은 스펀지로 피겨린을 조심스럽게 닦아 물기가 마르길 기다린다. 티석티석했던 얼굴과 옷이 매끈해지며 반짝반짝 생기를 찾는다. 섬세한 레이스 자락은 패브릭 레이스에 포셀린을 바르고 말린 다음, 레이스를 태워서 포셀린 만을 남기는 제작 과정을 거쳐 부서질 듯 섬세하다.

스페인에서 태어난 야드로들이 질투심을 숨기고 사랑스러운 눈길로 나를 바라본다. '그래, 잊지 않았어. 너희들도 단장을 시작해 볼까.' 곱슬머리의 야드로가 벨라가 되어 샤갈과 손을 잡고 두둥실 하늘을 난다.

앤티크는 그 시대의 장인이 한 조각씩 공을 들여 섬세한 작품을 만들고, 소유한 사람들이 귀하게 관리하여 오랜 시간 생명력을 유지한다. 지난 세월만큼 소유했던 사람들의 이야기가 곱게 담기고, 농익어 깊은 맛을 낸다. 요즘 생산된 것이 튼튼하고 다루기 쉬워서 찾아보지만 앤티크의 섬세한 라인과 맛을 찾을 수 없다. 찻잔에 어울리는 게이트랙(접이식 테이블) 하나와 의자를 탐하고 샹들리에와 거울까지 들이면서 앤티크에 빠져들었다.

로얄 블루색 병을, 수초와 난꽃 그리고 오리 몇 마리가 떠 있는 은 세공품으로 감싼 향수병을 샀다. 타슬로 장식된 기다란 분무기는 여인의 옷자락을 보는 듯 우아하다. 신이 나서 향수병을 닦아 서로 예쁘게 보이는 위치에 자리를 잡아 주었다.

그날 밤, 꿈을 꾸었다. 이름 모를 성에서 살아가는 한 여인의 사랑과 아픔을 보게 되었다. '어제 산 향수병의 주인일 거야'라고 생각하는 나는, 이미 치유할 수 없을 만큼 병이 깊어진 게 틀림없다. 샤갈 안에서도 그녀들을 발견하다니.

어렸을 적, 몸이 아픈 노처녀가 옆집에 살았다. 그녀는 내가 좋아하는 종이 인형에 입힐 옷을 가위로 오려주었다. 앞은 라운드 네크라인이지만 뒤에는 X자 멜빵이 되는 원피스를 만들고, 나풀나풀 드레스도 만들었다. 잠시 사이 뚝딱 한 벌이 만들어진다. 언니와 나는 얼굴을 맞대고 들여다보다 환호성을 지른다. 까칠한 언니에겐 잘 만들어진 옷이, 소심한 나에게는 덜 예쁜 옷이 차례가 온다. 어리지만 나도 보는 눈이 있는데, 속상했다.

말랑말랑 부드러운 살결과 긴 속눈썹, 눕히면 파란 눈을 감고 예쁜 드레스를 갈아입힐 수 있는 인형을 고모가 선물했다. 인형을 차지하려는 여섯 자매의 사투로 인형의 팔은 빠지고 머리는 헝클어졌다. 내가 예쁜 것에 집착하는 이유를 찾아보려고 옛 추

억들을 하나씩 떠올리다, 「유리 동물원」의 로라와 나를 분석해
본다.

샤갈은 상상력과 현실의 기억들이 섞인 꿈의 세계를 눈부신
색채와 시적인 표현으로 이미지화시켜 특유의 밝고 아름다운
그림들을 남겼다. 그는 사랑하는 아내 벨라를 많이 그렸다. 샤
갈은 삶이 언젠가 끝나는 것이라면, 사랑과 희망의 색으로 칠해
야 한다고 했다.

앤티크와 사랑에 빠진 나. 내 삶은 어떤 색으로 완성이 될까.
나의 하루가 소박한 희망의 색으로 한 줄 한 줄 그려지길 염원
하며 앤티크를 바라본다.

그들은 샤갈의 그림이 되어 내 안에 살포시 안긴다.

차별과 구별
-영화 〈히든 피겨스〉를 보고-

영화는 끝이 났다.

캐서린의 다급하고 경쾌한 달음박질이 파렐 윌리엄스의 음악 'Runnin'으로 각인되어 내 귀에 선명하다. 미들 힐과 원피스, 양손에는 서류를 가득 안은 캐서린. 달리기가 생의 목적인 사람처럼 혼신을 다해 건물 안과 밖을 내달리는 그녀가 향한 곳은 유색인 전용 화장실이다. 비바람이 불어도, 햇볕이 따갑게 내리쬐어도 그녀는 달리고 또 달린다. 금관악기가 스타카토로 리듬을 맞추고, 그 비트에 캐서린의 급한 마음이 그대로 전달된다.

1960년대, 미국과 러시아는 인간을 우주로 보내려는 우주개

발 경쟁이 치열했다. 먼저 러시아의 유리 가가린이 우주 비행에 성공하면서 미국 NASA(미국항공우주국)는 우주 궤도를 비행하려던 머큐리 프로젝트가 시간에 쫓긴다. 이때 이 계획을 성공으로 이끈 숨겨진 천재들, 흑인 여성 세 명의 실화를 바탕으로 영화 〈히든 피겨스〉를 만들었다.

천재적인 수학자 캐서린, 프로그래머 도로시와 엔지니어 메리는 파격적으로 나사 프로젝트에 발탁된다. 캐서린이 사무실에 들어서는 순간, 백인 남자들이 하던 일을 멈추고 신기한 듯 그녀를 쳐다보는 장면이 그 시대의 인종차별을 설명한다. 흑인이라는 이유로 800m 떨어진 유색인종 전용 화장실을 달려가야 했고, 업무와 관련한 서류조차 볼 수 없었다. 심지어 공용 커피포트를 함께 쓰는 것조차 허용되지 않았고, 여자라는 이유로 중요한 회의에 참석할 수 없다.

메리 잭슨의 '우리가 앞서갈 기회가 생기면 그들은 결승선을 옮긴다.'는 말에 고개가 저절로 끄떡여진다. 우리도 그랬다. 남성 위주 사회에서 누구나 할 수 있는 일에서는 여성을 격려하는 아량을 보이지만, 앞서갈 기회가 되면 모두가 적이 되어 다른 기준을 들이댄다.

영화는 흑백갈등과 페미니즘이라는 다소 무거운 이야기를 파렐 윌리엄스의 경쾌한 음악과 그녀들의 당당한 아름다움으로 인해 가볍고 유쾌하게 연출되었다. 1960년대 재즈, 블루스, 가스펠과 소울 등 다양한 레트로풍 음악이 파렐 특유의 세련된 소울과 복음성가가 융합된 OST로 장면마다 흥겹다.

고장으로 길 한복판에 선 차로 경찰이 다가온다. 경찰은 도로를 막고 있는 흑인의 차량을 불쾌하게 여겨 체포할지 모르기 때문에 세 주인공은 긴장한다. 그러나 경찰은 "러시아보다 먼저 우주를 정복해 달라."며 나사까지 신나게 에스코트해준다. 인종차별을 다룬 영화가 비인간적이고 폭력적이어서 감상적으로 흐르기 쉬운데 이 영화는 인종차별이 상당 부분 해결된 현시대의 시선으로 해석하고 바라보아서인지 훨씬 관대하고 낙관적이다.

흑인과 여성이라는 차별을 극복하기 위해 그녀들의 달리기가 시작된다. 주변의 시선에 신경 쓰지 않고 목표를 향해 빠르고 다급해 보이지만 일정한 속도로 힘차게 달린다. 어떤 편견이 몰아쳐도 그녀가 하던 일을 멈추게 할 수는 없다. 화장실을 향한 그녀의 달리기는 캐서린의 삶의 태도와 닮아 있었다.

캐서린은 백인 남성만으로 이루어진 사무실에서 경험하는 냉대와 고된 업무 속에서도 자신의 처지를 가볍게 웃어넘기고 미래를 준비한다. 페미니즘과 평등을 시위나 항의가 아니라 자신이 좋아하는 숫자에 몰입하여 나사의 주류 백인 남성들이 풀지 못하는 우주 궤도를 계산해 낸다. 실력과 천재성으로 편견을 극복한 것이다.

실존 인물 캐서린은 인터뷰에서 "흑인 여성을 차별하는 사회적 분위기를 모두 당연하게 여겼지만 불평하지 않고 자랑스러워하며 출근했다. 자신을 자랑스러워하지 않았다면 성취할 수 없었다."고 말한다.

영화를 보는 동안 인종차별을 하는 사람과 겪는 사람들의 태도에서 보이는 엇박자에 의구심이 들었다. 고장 난 자동차에 다가오는 경찰관을 보며 차가 망가진 것도, 우리가 흑인이라는 것도 죄가 아니라고 중얼거리는 메리 잭슨에게, 입방정 떨다가 끌려가기 전에 그만두라는 도로시의 말에는 억울함에 대한 항변이 아니라 상황을 인정하는 듯한 뉘앙스가 있다. 존 글랜 우주비행사를 보며 '오늘 우리가 백인의 얼굴을 평가하다니 이것이 기적이다.'라는 말도 맥락을 같이 한다. 그들은 편견에 맞서 저항하지 않고 당연하게 여기거나 하나의 상황으로 인지하고 받아들인다.

반면에 백인들을 대하는 태도는 또 다르다. 자신들의 위치를 알고 있는 사람들이 흔히 취하는 비굴함이 없다. 같은 시선의 위치에서 대등한 관계로 상대하고 있다. 백인 동료나 상사도 인종차별적 발언과 요구를 죄의식 없이 표현한다. 도로시의 의지에 찬물을 끼얹는 슈퍼바이저도 자신의 잘못을 알지 못하는 듯하다.

흑인과 백인 모두 차별을 구별로 착각하고 있다.

차별은 등급이나 수준 따위에 차이를 두어서 구별함이고, 구별은 성질이나 종류에 따라 차이가 나는 것을 뜻한다. 차별은 다름에 차이를 두지만, 구별은 다름을 인정할 뿐이다. 착각 때문인지 그녀들의 실력과 천재성 때문인지, 그녀들의 당당함은 아름답고 유쾌하다. 사방에서 펀치처럼 날아드는 편견이 그녀들에게 부딪쳐 세상에 흩어진다.

2006년 타임지는 올해의 인물로 특정 인물이 아닌 'YOU'를 선정했다. 'YOU'는 보통 사람들로 하나하나의 다양성을 가진 각 개체, 우리를 위대한 인물로 선정한 것이다. 이는 '다양성'에 큰 점수를 준 것이다. 인류가 진화해 가는 것도 각 개체의 다양성 덕분인 것처럼.

차별은 신분이나 인종차별과 같은 사회적 벽으로 인해 기회를 균등하게 가질 수 없는 상황을 뜻하며, 차이는 각 개인의 개성과 능력을 인정하여 개체의 다양성을 수용하는 것이다.

요즘 외국어고등학교와 같은 특정 목적의 고등학교와 자립형 사립학교를 폐지하려는 문제가 사회적 이슈다. 학교의 차별이 존재한다고 폐지를 주장하는 입장과 교육의 자율성과 다양성이 필요하다는 의견이 대립하고 있다.

1960년대 백인과 유색인 모두 차별을 구별이라고 착각하고 있어 백인 분리주의를 사회 환경으로 자연스럽게 받아들였던 것처럼, 지금의 우리는 구별을 차별이라 외치며 앞서가는 사람을 끌어내리고 있지는 않을까.

이 시대, 히든 피겨스는 바로 'YOU'.

누가 돌을 던지리

징이 울리며 무대가 서서히 밝아진다.

테베의 왕 오이디푸스가 나온다. 시민들이 모이고 탄원의 나뭇가지도 그를 향한다.

인간 중의 으뜸인 오이디푸스 왕이시여! 스핑크스를 몰아낸 용기와 지혜로 가뭄과 역병에서 우리를 구해주소서.

선왕 라이오스를 죽인 자를 찾아 벌을 주면 비가 내릴 것이다. 살인자는 이 땅에 있다. 당신이 찾는 살인자는 바로 당신!

왕비 이오카스테가 등장한다.

예언을 믿지 마세요. 당신은 테베 사람이 아닙니다. 라이오스 왕

께서는 아들의 손에 살해당할 운명이라는 신탁을 듣고, 태어난 지 사흘 된 아들의 두 발뒤꿈치를 뚫고 한데 묶어 사람을 시켜 인적이 없는 산에 버렸지요. 왕은 델포이에서 오는 길에 큰 삼거리에서 다른 나라 도둑들에 의해 살해당하셨어요. 당신이 이 나라를 지배하기 바로 선. 그때 여기는 스핑크스가 나타나 사람을 제물로 요구하고 있었어요. 당신이 스핑크스를 물리쳤지만.

지난 일이 생각나서 고통스러운 오이디푸스

나는 코린토스 왕의 아들이었소. 나는 아버지를 죽이고 어머니와 결혼해서 차마 볼 수 없는 자손을 세상에 내놓는다는 저주의 신탁을 들었소. 나는 그 운명에서 벗어나기 위해, 사랑하는 부모를 보호하기 위해, 코린토스와 반대 방향으로 걷고 또 걸어 여기로 왔소. 오다가 삼거리에서 다툼이 있어 사람을 죽였소.

코린토스의 사자, 폴리보스 왕이 병환으로 돌아가셨음을 알린다.

신탁이나 예언에 마음을 쓸 필요가 있을까. 내가 아버지를 죽인다고 했는데, 병환으로 돌아가셨으니. 그러나 어머니와의 결혼은 두려워하지 않을 수가 없지.

놀라는 코린토스의 사자

당신은 코린토스 왕의 아들이 아닙니다. 산에서 주워 키웠지요. 발의 옛 상처를 보면 알 수 있어요. 그 운명 때문에 부은 발이라는 뜻의 오이디푸스로 불리게 되었지요.

늙지 않는 왕비 이오카스테는 미친 듯이 집안으로 뛰어든다. 한순간에 백발로 변한 머리채를 쥐어뜯고 울부짖으며 목을 맨다. 뒤따라 들어온 오이디푸스는 목멘 소리로 왕비를 부르며 오열하다 왕비의 장식품을 빼어 자신을 눈을 거듭 찌르며 울부짖는다. 그때마다 흘러내리는 피가 얼굴을 적시고 두 눈을 붉게 물들였다.

진실을 보지 못하는 눈, 이 눈. 너희는 영원히 어둠 속에 있을 것이다. 한 치 앞을 볼 수 없는 운명. 내 발아, 나는 이제 어디로 가야 하지?

무대 위 코러스의 비통한 소리가 들린다.

오이디푸스를 보라. 저 뒷모습을 본 자라면 명심하라. 누구든 삶의 끝에 이르기 전에는, 삶의 고통에서 벗어나기 전에는 사람으로

태어난 자신을 행복하다고 믿지 마라. 그 인생의 갈림길에서

오이디푸스는 가슴을 치며 마지막 대사를 읊조린다.

나는 살았고, 그들을 사랑했고, 그래서 고통스러웠다.

가슴이 깨어지는 듯한 극심한 고통에 몸부림치는 오이디푸스, 비틀거리며 스스로 추방의 길을 떠난다.

오이디푸스는 지팡이를 짚고 천천히 걸음을 내딛는다.
피로 얼룩진 눈에서는 눈물이 흐르고, 처절한 걸음으로 관객석을 향해 한 걸음, 한 걸음 천천히 걸으며 서서히 사라진다.

그 걸음에 나의 운명이, 또 다른 운명이… 모든 관객의 운명이 그의 발걸음에 옮겨진다. 서서히 가슴이 데워지고 눈시울이 붉어지며 눈가가 촉촉해진다. 조용히 눈물을 흘리는 관객이 보인다.
냉혹한 신과 나약한 인간. 신은 신탁이란 이름으로 인간을 시험한다. 나약한 인간은 시험에 들면서 스스로 운명을 짓는다. 오이디푸스의 노력에도 불구하고, 그 노력의 옳고 그름에 관계없이, 신들은 정한 길을 바꾸지 않았다.

오이디푸스 콤플렉스! 프로이드는 인류가 지속되는 한 잊히지 않을 오명을 그에게 씌워주었다. 그는 어머니를 이성으로 사랑한 것이 아니라 운명에 의해 그 자리에 앉혀졌을 뿐.

누가 감히 돌을 던지리! 오이디푸스에게.

우리에게도 운명의 그림자가 예고 없이 슬며시 들어온다. 우리는 한 치 앞을 모르면서 선택을 하고, 그 소용돌이 속에서 살아간다. 자유의지는 있기나 한 걸까. 한순간 자유의지라 생각한 어떤 선택과 노력도 운명의 연장선일 뿐일까.

토월극장에서 소포클레스의 오이디푸스가 상연되었다. 배우 황정민을 원 캐스트로 하고, 고대 그리스 연극의 원형을 재연하고자 코러스를 등장시켰다.

오이디푸스역의 황정민은 스크린에서 볼 수 없는 여윈 얼굴과 강렬하게 뿜어 나오는 눈빛 그리고 군더더기 없는 표정 연기로 관객들을 무대에 몰입시켰다. 우린 관객이라는 사실을 잊고 무대 위에 그림자처럼 달라붙어 같이 호흡하였다.

카페에서 글을 쓰고 있다.

앞 문장과의 연결을 위해 잠시 자판에서 손을 놓고 밖을 본다. 팔십 중반의 노인이 한 손에는 지팡이를 짚고, 이십 대 손자에 이끌려 들어온다. 이어 육십 대 초반의 딸이 들어와 내 앞자리에 앉는다. 삼 대가 차를 마신다.

나는 시선을 걷고 문장을 엮어 본다. 대화가 들려온다. '엄마가 계신 요양원은 싫다는 말씀이시죠. 이 병원은 문을 연 지 얼마 안 되었는데 평이 좋으네요.' 핸드폰에 시선을 고정한 채 여기저기 검색을 하던 딸의 얼굴이 일그러진다. 어렵게 견지하던 감정이 무너졌는지 벌겋게 상기되다 급기야 눈물을 쏟는다.

오이디푸스 이야기를 쓰고 있는 내 앞에 저 가족이 왜 불려왔을까?

나와 정면으로 마주 보던 딸의 모습에 나도 주책없이 눈물이 흐른다. 창밖으로 고개를 돌리지만, 귀는 앞으로 모아진다. 아버지와 딸이 요양원을 정하고 이별을 준비하고 있다. 인생의 갈림길에서.

엄마와 내가 오버랩 된다. 아버지와 딸의 나이, 파킨슨씨병으로 지팡이를 짚고 있는 아버지의 모습도 닮아있다.

스핑크스가 말하는 인간의 운명이다.

아침에는 네 발, 점심에는 두 발, 저녁에는 세 발로 발의 수를 바꾸는 인간.

엄마는 지금 저녁.

나의 가까운 미래, 역시 저녁이다.

2

이어
바라보기

어두워진 거리는
비로 촉촉이 젖어 있다.
맞은편에서 오는 차의 헤드라이트가
도로의 고인 물에 반사되어 내 마음에도 물기를 더한다.
겨울비치곤 상당하다.
퇴근하는 차들이 라이트를 비추어
차량의 불빛이 긴 꼬리를 날리며 물고 달린다.
종착점은 다르지만,
지금은 하나의 방향으로 흐르고 있다.
–본문 중에서

Her

그녀는 Her로 불린다. 성은 있지만 이름은 없다. 그녀는 이름 갖기를 원한다. 아니, 스스로 이름 짓기를 원한다. 그녀는 오랫동안 자신의 이름을 지으려고 노력해 왔다.

그녀는 무표정하다.

하루에 몇 번이나 밝게 웃을까.

자신을 누군가가 늘 바라보고 있는 듯 튀지 않는 차림과 행동으로 긴장하며 지낸다. 어제는 블랙 투피스에 흰 블라우스를 입었다. 오늘은 베이지색 셔츠를 입고 있다. 단추 하나 더 풀면 편해 보일 거라는 말을 듣고는 미소만 지을 뿐이다. 흰 피부에 오렌지색이 어울릴 것 같아 염색을 권하지만, 그녀의 머리는 늘 동양적인 흑갈색이다.

하루의 일과는 번잡하지 않다.

학교 시간표, 직장 스케줄대로 시간을 보낸다. 집에서는 조용히 신간을 찾아 읽거나 뉴스를 본다. 오늘은 루트번스타인의 '생각의 탄생'을 집었다. '창조적으로 생각한다는 것은 첫째, 느낀다는 것이다. 이해하려는 욕구는 반드시 감각적이고 정서적인 느낌과 한데 어우러져야 하고 지성과 통합되어야 한다. 그래야만 상상력 넘치는 통찰을 얻을 수 있다.'라는 문장을 읽으며 고개를 끄덕인다. 그녀도 수없이 이성과 감성 사이를 오간다.

그녀는 인생은 기다림이라고 생각한다. 대부분은 모두가 알만큼 요란하게 사랑하다 어느 날 결혼과 함께 사라져간다. 미혼인 그녀는 그들보다 여러 번 사랑의 감정을 경험했겠지만 작은 에피소드들은 물 밑에 잠겨 있다. 짧고, 스쳐 지나가는 약한 감각으로. 넓고 얕은 지식처럼. 사람들은 물고기를 끌어들이기 위해 물을 흐려야 한다는데 구체적인 방법은 설명하지 않는다. 그녀 또한 흐름을 거스를 만한 용기가 없고 어떤 노력을 해야 하는지 알지 못한다. 조용히 흐르던 물이 수초를 만나듯, 인연이 닿기를 기다릴 뿐.

그녀의 취미는 무엇일까.

그녀는 예쁜 것을 수집한다. 그녀를 잡아끄는 관심과 집중하는 대상을 살펴본다. 해외에 가면 인테리어 잡지를 사 오고, 김

치찌개도 끓일 줄 모르면서 그릇, 테이블 세팅 사진을 모은다. 꽃꽂이와 수공예를 좋아하는데 막상 시작해보면 쓸 만한 솜씨는 아니다. 남의 작품을 보는 눈은 있지만, 카피에 익숙하지 않다.

그녀가 그림이라면 뒤러나 로만 프랜시스의 온화한 풍경화와 닮았다. 그녀에게 사실화든 추상화든 인생의 어떤 그림을 그릴 바탕은 펼쳐져 있는데 자신의 가능성을 알지 못하는 상태. 문은 열려 있는데 그 문을 나서지 않고 있다. 순수 상태라고나 할까. 뒤러의 '들꽃에 대한 여덟 습작'이 보여주는 소박함이 더욱 그렇다.

한마디로 정의한다면, 예쁜 일상을 꿈꾸며 소확행을 즐긴다.

일본인 작가 무라타 사야카가 쓴 소설 「편의점 인간」에서, 주인공 게이코는 편의점에서 18년째 아르바이트하고 있다. 그녀는 보통 인간의 규격에 자신을 맞추기 위해 같은 또래를 관찰한다. 그들이 입는 상품의 옷과 구두를 사고, 말투를 따라 하며 그림자 속에 숨는다.

게이코는 하루 종일 진열 상품을 기계적으로 정리할 뿐, 무표정하다. 망가지는 방법을 모르고 쟁취할 열정도 없다. 진정 자신이 해야 할 일을 알지 못한다. 게이코가 스스로 원하는 사람이 되거나 그렇게 해줄 누군가를 만나면 어떨까. 그녀에게 한 스푼의 재료를 제공할 사람은 없을까.

그러면, 그녀에게 한 스푼의 설탕을 넣어보자.

부드럽고 달콤함이 그녀에게 용해되어 sweety한 반응이 일어난다. 빛나는 얼굴이 되어 청첩장을 들고 나타날 것이다. 그녀 주변에는 따뜻함이 감돌고, 밝고 사랑이 가득한 가정의 주인공이 될 것이다.

그녀에게 한 움큼의 소금을 넣어보자.

그녀는 관심 있는 대상을 밀도 있게 끌어당기고 혼신을 다한다. 그녀는 좋아하는 일을 향해 촘촘하고 짜임새 있게 노력하여 성공한 여성이 된다. 한 분야의 전문가로서 이름을 가질 것이다.

그녀에게 큰 스푼으로 하나, 마라 소스를 넣어보자.

피가 뜨거워지고 세포 하나하나 열기를 띤다. 그녀는 세상사 모든 일에 열정을 쏟는 혈기왕성한 사람이 될 것이다. 정치인이 되거나 환경운동가가 되어 자신의 의지를 세상에 알릴 것이다.

스스로 그녀의 색깔을 찾아 자신의 옷을 입기를. 그녀가 이름을 갖게 되기를.

없다는 것은 역설적으로 무한한 가능성을 갖고 있다는 것이다.

그녀, 뒤엔 언제나 넉넉한 하늘이 있다.

이어 바라보기

2층 카페에서 밖을 내려다본다. 어두워진 거리는 비로 촉촉이 젖어있다. 맞은편에서 오는 차의 헤드라이트가 도로의 고인 물에 반사되어 내 마음에도 물기를 더한다. 겨울비치곤 상당하다. 퇴근하는 차들이 라이트를 비추어 차량의 불빛이 긴 꼬리를 날리며 물고 달린다. 종착점은 다르지만, 지금은 하나의 방향으로 흐르고 있다.

맨 앞의 1번 남자는 흰 와이셔츠에 소매를 걷고 앉아 있다. 30대의 이 남자는 흰 피부와 단정한 외모가 학자 타입이다. 얼굴은 식물성의 이미지를 갖고 있지만 넓은 등과 큰 골격, 잔 근육으로 강인해 보인다. 핑크 원피스의 2번 여자는 몇 걸음 뒤에서 1번 남자 쪽을 멀찍이 바라보고 있다. 시선은 무심해 보이나 마음은 산란하다. 상대의 눈길을 온 마음 다해 아프게 뒤쫓고 있다. 3번 남자는 청색 진 남방을 입고 있다. 2번 여자를 바라본다. 자신보다 나이가 많지만 작은 키에 맑은 눈이 겁 많고 여리게 보여 보호해야 할 대상으로 느낀다. 가끔 그녀의 결단에 놀라기도 한다. 단발머리에 흰 블라우스와 검은 바지 차림의 4번 여자는 3번 남자를 바라본다. 3번 남자는 키가 크고 이목구비가 반듯한 남자다운 외모로 20대의 싱싱함과 힘찬 생동감이 느껴진다. 오늘은 왠지 불안해 보이고 뭔가 맘에 들지 않는 듯 잔뜩 흐려있다.

그들은 스텝별로 이어 바라보고 있다. 도식으로 보자면 스텝이지만 지금은 한 공간에 상대의 등을 보며 얼마큼씩 불규칙한 간격으로 앉아 있다.

1번 남자는 여자의 무리에 싸여있고 옆 사람의 말에 웃으며 답을 하지만 모든 것을 흡수하려는 듯 강의에 집중하고 있다. 2번 여자는 그 모습을 감시하듯 바라보며 폭풍이 인다. 몇 마디 대화란 걸 뻔히 알지만, 자신의 시선과 상관없이 성향대로 행동하고 있는 남자. 그로 인해 상처 입은 마음은 터질 듯한 풍선이 되어 여자의 머리를 강타한다. 강한 눈총을 보내지만, 알지 못한다. 늘 이 모양이다. 주변 사람과의 관계에서 옆 사람의 대화를 받아 줄 수밖에 없는 상황은 이해하나, 그것조차 싫다는 2번 여자를 배려하기보다는 피곤해하는 1번 남자에게 여자는 서운해진다. 갖고 싶은 것은 늘 가지고 살았던 여자가 뜻대로 되지 않는 한 상대를 만나 바라보고 있다. 3번 남자는 2번 여자의 상기되어 울 것 같은 표정에 앞으로 달려가려다 흠칫 멈춘다. 대충 상황을 깨닫고 마음에 그늘이 진다. 오늘은 마음을 전하리라 다짐한다.

2번 여자는 강의 때마다 폭발하는 자신의 대책 없는 질투심과 집착에 쇠잔해지고 땅에 떨어지는 자존감에 질색한다. 상처받을 자신이 없어 이별이 훨씬 쉽다고 느낀다.

4번 여자는 전체를 관망하며 서로 간의 관계를 이해한다. 쿨한 마음으로 깊게 끌려가지 않은 자신의 감정을 선선히 잘라내고 일어선다.

동물의 왕국에서 포식자와 먹이 사이에 쫓고 쫓기는 장면이 있다. 먹잇감은 먹히지 않기 위해 목숨을 걸고 도망을 한다. 애정의 먹이사슬은 식물성의 포식 관계인가 보다. 식물이 땅에 뿌리를 내리듯이 애정이 깊게 자리 내리면, 도망가기보다는 오히려 상대가 자신을 바라봐 주길 애타게 기다린다. 먹이사슬 정점에는 가장 진화된 인간이 우뚝 서서 모든 생물 개체를 희롱하고 있다. 애정 사슬에는 애정이 덜하거나 이성이 우위인 나쁜 여자

또는 남자가 최정점에 버티고 있다.

　그럼 이제 다 같이 등을 돌려 반대로 바라보자. 그러면 최하위의 개체가 새로운 정점으로 우뚝 솟을까. 아니면, 그 사이에 불꽃이 튀어 해피엔딩으로 끝이 날까.

그녀의 부(富)가 보여준 삽화

부유한 그녀에게서 빛이 난다.

자만심에서 나온 광채인지 우월감에서 비롯된 것인지 알 수 없다.

그녀의 차림은 대놓고 번쩍이지 않는다. 오랜 피부 관리, 공들인 시간에 비례한 자연스러운 화장은 부담스럽지 않다. 그녀의 옷차림은 청담동 며느리 스타일로 단순하고 우아하다. 단지 많은 나이와 2% 부족하게 만드는 중년의 태가 부담스러울 뿐.

그녀는 대놓고 자랑하지 않는다. 자신의 출생과 소지품의 근본을 잘 알았고, 짧은 질문에 성심껏 답하느라 대답이 길어졌을 뿐. 오늘 찬 프랑스제 까르띠에 시계는 별 거 아니란다. 시계를 좋아해서 수십 개 있는데, 옐로우 골드와 다이아몬드로 된 팬더

드 까르띠에도 있다고 한다. 누군가 '시계 예쁘네요'로 시작된 말에 그녀의 옷장까지 머리에 떠올리고 나서야 끝이 났다. 지금 입고 있는 옷은 적어도 물을 건너왔다고 한다. 그 말은 동남아에서 왔을 수도, 물론 이태리에서 샀을 수도 있으나 브랜드를 말하지 않는 것으로 보아 어느 나라 작은 옷가게일 거라고 짐작한다. 친정과 시댁 모두 대대로 행세하던 집안이었고 자신은 미술을 전공했다고 한다. 자신의 몫으로 된 부동산과 자산의 규모도 우리에게 알려준다.

그녀는 밝고 말끔한 화장과 잘 다듬어진 머리로 인해 오늘도 우아하다.

우리는 그녀가 가지고 있는 부의 최대치를 본 일은 없지만 그럴 수 있다고 생각한다. 내 것이 아니기에 그 크기와 품목에 별다른 관심은 없다.

그녀는 소유한 부에 비해 너무나 적은 금액에 민감하다. 우리는 식사를 후하게 대접해야 한다는 생각으로 넉넉하게 음식을 주문한다. 그녀가 초대한 테이블에서는 음식점을 나서면서 식사를 다시 해야 하나 고민하게 만든다. 공동으로 내는 회비의 사용 내역에도 의문이 많다.

그녀, 부의 쓰임새는 우리와 달리 독특하다. 미용실과 피부관리실에서는 크게 열리는 지갑이, 다시 만날 길이 없는 택시 기사에게는 굳게 닫혀서 요지부동이다. 귀한 손님으로 자신이 대우받는다는 전제가 있어야 봉사료를 지불한다. 꼼꼼하고 이성적인 소비다.

그녀의 부가 나에게 어떤 영향을 주는가.

자신의 부를 긍정하고 아량껏 들어주는 우리에게 주어지는 보상이 없다. 쌀독에서 나야 할 인심은 찾아볼 수 없다. 명품 신상을 사기에 바쁜 것일까.

그녀는 이 사회를 바탕으로 축적한 부를 자신을 위해 소비하는 데만 관심이 있고, 사회에 져야 할 의무는 잊고 있다. 물론 그녀의 가치관에 따라 시간을 할애하고 인생을 소비해 가는데 눈을 흘길 생각은 없다. 어차피 살아야 할 일상이라면 예쁘고 행복하게 누려야 한다는 것이 내 지론이므로.

명품은 내 것이 되었을 때 몇 달은 기쁘지만, 신상이 나오면 관심에서 멀어진다. 브랜드의 판매 전략이 우리를 아름답게 유도할 뿐이다.

그녀가 가지고 있는 까르띠에 시계의 가격을 환산해 본다. 좋아하는 사람들과 소박한 식사를 수백 번 할 수 있고, 빈곤 국가의 아동을 훌륭하게 성장시킬 수 있는 금액이다. 자신을 흐뭇하게 바라볼 수 있는 귀한 액수다.

자기가 가지고 있는 부를 자신만이 누리고 있는데 우리가 그녀의 부에 대해 들어줘야 하는 의무를 요구하는 이유는 무엇인가. 왜 우월감을 드러내는 것일까. 그녀의 아우라에 배경이 되어주는 우리에게 자만이 아니라 성실한 웃음 정도는 보여주어야 하는 것 아닐까.

연말 모임이다. 오늘따라 많은 사람이 모였다.
'오랜만에 나오셨네요. 이 분은 ○○여대 서양화과 나오셨어요. 두 분은 비슷한 연배, 같은 동문이니 서로 아는 사이일 거 같은데, 인사들 나누시죠.'
황당함과 당황스러움이 두 사람의 얼굴에 뚜렷이 대비된다.
'나는 잘 모르겠는데… 학번은?'
'나는 저… 으…ㅁ…, 음….'
긴 침묵이 흐른다.
우아한 그녀가 일어나서 밖으로 나간다.

황망한 아침

100mm 이상의 호우가 그친 한여름 아침이다.

싱그런 하늘과 초록 물이 잔뜩 오른 나무,

그 아래 당차게 고개를 쳐든 들꽃들로 세상이 창창하다.

아스팔트 도로 위에 서 있는 내 발밑이 어지럽다.

수십 마리는 족히 되는 왕개미들이 방향도 없이 이리저리 허
둥댄다.

표정은 알 수 없으나 그들의 스텝과 더듬이의 움직임이 당혹
스럽다.

무슨 일이지.

어젯밤의 호우로 집이 잠겼나 보다

집 잃은 개미들의 황망함이 한눈에 보인다.

문득 주위를 둘러본다.
어디에선가 나 또한 지켜보는 이 있어,
나의 작은 움직임을 자동으로 스캔하고, 차곡차곡 적분하고
있을 터.
참으로 난망하다.

위대하다는 것은

눈을 감았다.

현란한 한강 다리의 불빛이 망막을 뚫고 들어와 가슴을 친다.

지난겨울은 영하 15℃를 웃도는 날씨로 몸서리치게 춥고 길었다. 봄날은 추억 속에 숨겨져 영영 몸을 드러내지 않을 것 같았다. 시간은 묵직한 무게로 느리게 흘러갔고, 그 겨울은 날카로운 상실감과 암울함을 우리에게 깊숙이 찔러 넣어주며 물러갔다.

차창 밖의 벚꽃이 생경스럽다. 누군가가 애타게 붙잡고자 했던 봄날을 보며 눈시울을 붉히다 올림픽대교의 불빛과 마주하게 되었다. 눈물이 터져 나온다.

그날, 우리는 아산병원 7층 병실에서 한 사람을 떠나보내고 있었다. 병실에선 가족과 친지들이, 복도에선 친구와 직원들이 그와의 이별을 애써 부정하며 절절하게 기적을 갈구하고 있었다. 의식이 없더라도 마지막 세상을 보여주고 싶어 창문의 블라인드를 걷었다. 창밖은 검은 밤을 배경으로 올림픽 성화 모양으로 장식된 불빛이, 바로 눈앞에서 휘황찬란하게 빛을 뿌리고 있다. 병실 침상에는 한 사람이 시간과 사투를 하며 마지막으로 치닫는 숨을 가쁘게 쉬고 있다. 발치에서 바라보는 극한의 대비가 너무나 선명하여 처절하다. 검은 하늘을 배경으로 붉게 타오르는 불빛의 현란함에 진저리를 치며 거칠게 블라인드를 내렸다.

"열심히 살아온 아빠처럼 살다 갈 테니 나중에 만나요."

"아빠라서 고마웠어요."

딸과 아들은 볼과 이마에 얼굴을 대고 눈물을 떨군다.

모두의 바람을 뒤로 하고, 제부는 떠났다. 가족에겐 존경과 사랑을 받았고, 처제들에겐 좋은 오빠로, 선배에겐 같이 하고픈 다정한 후배로, 직원에겐 관심과 조언을 해 주었던 선배로 각각 다른 온기를 남기고 지인들의 곁을 떠났다. 모인 사람들의 슬픔이 그대로 전해진다. 그는 각자의 색깔과 결로 모두의 마음속에 그리운 사람으로 자리 잡았다. 조문객의 얼굴에도 관례가 아닌, 가깝던 사람을 잃은 허전함과 상실감이 여실히 드러난다.

가족과 친지는 그럴지언정 주변 사람 모두에게 특별한 사람으로 자리매김하여 그리워하게 하는 힘은 어디서 나온 것일까.

어떻게 살아온 것일까. 비슷한 조직문화에서 30년을 지내온 나를 비춰본다. 가족을 제외하고 이런 심정으로 내 곁을 지키는 사람은 얼마나 될까. 인지상정이니 소식을 들으면 놀라고 안타깝겠지만 애달파 할 사람은 손가락으로 셀 정도일 것이다. 한 사람, 한 사람에게 관심과 애정을 듬뿍 쏟기보다 상대방이 부담스럽지 않을 만큼, 내가 살아가기 편하게 1차, 2차 바운더리를 만들고 살아온 내가 보인다. 이제라도 가신 분의 삶의 농도를 곱씹어 보고 관계의 진정성과 지혜를 하나하나 묻고 배우고 싶다. 이미 내 곁을 스치고 지나간 인연은 어떻게 할 것인가.

인간의 위대함이란 무엇인가. 훌륭한 업적과 영향력을 가진 소수는 그렇다 치고 사회 저변을 지키고 있는 대다수, 우리는 어떻게 위대해질 수 있을까.

영화 '라이언 일병 구하기'가 생각난다.

라이언 일병을 구하기 위해 8명의 군인이 교전 중인 지역에 들어가 죽어간다. 이 작전을 지휘하던 밀러 대위가 라이언에게 헛되게 살지 말라는 말을 남기고 숨을 거둔다. 노인이 된 라이언이 가족과 함께 밀러 대위 묘비 앞에 섰다. 라이언은 당신의 마지막 말을 하루도 잊지 않고 열심히 살아왔다고 말한다.

열심히 살아온 라이언이 이룬 것은 무엇일까. 헛되지 않으려고 평생을 노력한 사람은 어떤 삶이었을까. 온 신경을 집중하며 대답을 기다렸다. '당신은 좋은 사람이었어.'라고 라이언의 부인이 말하며 영화는 끝난다.

지난겨울, 우리가 떠나보낸 그는 소소한 삶의 순간순간을 따뜻하게, 진심을 다해 살아간 좋은 사람이었다. 그는 위대한 사람이었다.

지금은 대치 중

두뇌 상층부를 압박하는 먹구름이 눈썹을 경계로 대치한다. 긴 세월 함께 해 온 이 정체는 무엇일까. 밀려오는 졸음에 젖은 솜처럼 무겁게 짓누르는 기운을 애써 다스리며 출근길을 재촉한다.

사무실 앞, 도어를 연다.

문이 열리면서 압축된 방 안 공기가 밀려 나오고, 밖의 공기가 일순간 안으로 밀려들지만 깊숙이 섞이지 못하고 입구에만 파랑이 인다. 공기의 밀도가 달라졌다는 건 아마 앞자리 신입사원만 느끼고 감지할 수 있는 작은 변화다. 변화는 언제나 입구 근처만 들락날락하고 긴장의 정도도 딱 그만큼이다.

방에 들어가 자리에 앉는다.

좌우로 열을 맞춘 책상들이 보이고, 각자의 자리에서 하루를 시작할 준비들이 한창이다. 최 부장은 어젯밤, 과하게 달렸음을 알리는 불그레한 얼굴로 술기운을 떨치려 하고 있다. 이 과장도 함께 술자리를 했음직한 얼굴이나 흐트러지는 자세를 바르게 잡으려고 애쓴다. 가지런히 일거리를 정리하고 단정한 얼굴로 테이크 아웃한 커피를 마시며 컴퓨터를 들여다보고 있는 오 대리, 미간을 모으고 입꼬리를 잔뜩 긴장하며 뭔가에 열중하고 있는 김 대리가 보인다.

'근무시작 전, 이른 시간인데 모두 업무에 열심이네' 눈길을 돌리니 심각한 표정으로 열심히 계산기를 두드리고 있는 윤 사원이 보인다. 역시 듬직한 일꾼들. 그 모습에 흡족한 미소로 답한다.

커피 한 잔으로 눈 위의 먹구름을 걷어버리니 지난날이 떠오른다.

풋풋했던 신입사원에서 지금까지, 30년 가까운 긴 시간이 뒤죽박죽 뒤섞여 지나간다.

여유롭고 무심한 마음으로 출근할 수 있기까지 필요했던 시간은 얼마쯤일까?

이십 년 전 과장 시절.

오늘 회의에서 어떤 일들이 일어날까. 대비는 되어있는 걸까. 얄밉게도 허술한 부분을 뒤지며 얼굴을 붉게 만들었던 부장. 늘 마음이 고단했다. 중요한 사안이 아니면 따지지 않는 내 성향을 잘 파악하고 보란 듯이 역공을 펼치고 회심의 미소를 짓는다. 승자의 거만함이 내보이고, 나는 순응하는 표정을 짓지만 내심으로는 열등감의 소치라고 이름 지었다.

오늘의 중요 사안을 검토해본다. 자료를 찾기 위해 직원에게 시선을 돌리니 컴퓨터 화면이 들어온다. 화면은 한참 쇼핑몰 사이트를 달리고 있다. 책상 위엔 여러 회사의 자동차 모델 사진과 견적서가 보인다. 옆 책상엔 어제 회식을 한 여러 차수의 영수증이 펼쳐져 있다.

업무 시작 전이다. 각자 자유로울 시간이었고, 착각은 나 혼자다.

오백 명이 이용하는 직원식당은 그릇 부딪는 소리, 의자 끄는 소리, 긴장 풀린 직원들의 대화 소리가 한데 뒤엉켜 소란스럽다. 천장은 도움형이다. 가운데 자리에 앉으면 먼 좌석의 소음까지 생생하게 들려 원근감은 사라지고 모든 것이 또렷이 제 목소리를 낸다. 이 건물을 지은 건축가는 어떤 생각을 가진 사람일까. 여기를 공연장으로 착각한 건가. 요즘 대세는 화합과 상생인데, 각자 목소리를 내어 경쟁하란 뜻인가.

　세심하게 배려 받지 못한 기분으로 식당을 나서지만, 곧 한낮의 밝은 햇볕이 말끔히 걷어간다.

　퇴근 후 집에 들어온다.

　겉옷은 거실 바닥에 벗어 던지고 소파에 앉아 습관적으로 TV를 켠다. 화면 가득 경찰버스가 보이고 차창 유리를 부수고 있는 시위대와 막으려는 경찰이 서로 대치 중이다. 불태워진 태극기 잔해와 유리 조각, 끌려가지 않으려는 발버둥과 끌어내리려는 사투. 세월호 참사 1년, 전국 범국민대회 참가자들이 서울 광화문에서 경찰과 대치하는 도중 태극기를 불태우고 있다. 채널을 돌린다. 앵커와 전문가들의 토론이 한창이다. 여당과 야당이 평행선을 그으며 대치하고 있다.

　이백 년 전 헤겔은 역사나 정신세계를 변증법적 원리로 설명하였다. 하나의 주장인 정에, 다른 주장인 반이 나오고 여기에 더 높은 종합적인 주장인 합이 나와 통합하고 발전하는 과정을 끊임없이 거치면서 창조적으로 발전한다고 하였다.

　지금 여기저기서 터져 나오는 아우성과 우리의 타협 없는 정치도 결국은 발전을 향해 창조적으로 대치 중이다.

오늘도

아가, 엄마 바라보며 방실방실, 환한 웃음으로 아장아장

다섯 살, 이건 뭐지 세상이 설레어 콩콩

초등학생, 힘이 넘쳐 쿵쾅쿵쾅

중고등학생, 공부가 힘들어 터덜터덜

20대, 산뜻한 청춘이 사뿐사뿐

30대, 인생의 방향을 향해 뚜벅뚜벅

40대, 바빠서 저벅저벅

50대, 인생의 짐이 무거워 터벅터벅

60대 제2의 인생이 물음표되어 어정어정

70대, 신체의 균형이 흔들려 뒤뚱뒤뚱

80대, 새삼 세상이 걱정스러워 주춤주춤

90대, 일상이 힘에 겨워 지척지척

오늘도 길을 간다.

아침에는 네 발, 점심에는 두 발, 저녁에는 세 발로 걷는다.

3

바다로 떠난 오디세이

물은 바위와 돌 틈을 스치고,
모래를 밀어내고 밀리면서 산기슭을 돈다.
요란한 움직임과 세찬 소리 속에 응어리를 풀어낸다.
들쭉날쭉 요란한 유영으로
비관적인 생각을 밀어버리고 스스로를 정화한다.
깨진 병 조각까지 예쁘게 깎고 다듬으며
계곡을 흐르고 하천을 지나
많은 것을 품은 물은 강이 되었다.
현실적인 선택이다.
목표를 향해 앞만 보며 흐르고 흘렀다.
마침내 도도하게 흐르는 큰 강물이 되었다.
－본문 중에서

바일레 플라멩코

그 남자를 보았다. 환희에 가득 찬 투우사의 얼굴에서.

칼을 숨긴 빨간 천이 소의 눈앞에 펼쳐지고, 성난 뿔은 투우사를 향해 달려든다. 관중조차 훅 숨을 멈추고, 투우장은 순식간에 얼어붙는다. 투우사와 소의 뿔이 거의 맞닿는 순간, 빨간천이 빠르게 원을 그리며 성난 소를 비껴간다. 두려움을 벗은 투우사의 눈이 희열로 가득 차 관중을 향한다.

자기만의 세계에 흠뻑 빠진 남자가 살을 데일 듯 뜨거운 얼굴로 춤을 추고 있다. 그의 열기는 내면을 향해 응축되어 표정이 사라진다. 먼 고향을 향한 아련한 눈빛. 열정적인 손동작과 짧게 끊어 힘차게 내딛는 마지막 스텝. 올레를 외치게 하는 절정의 순간, 고개를 한쪽으로 젖힌 멈춤의 순간이 그를 향해 탄성을 자아내게 한다.

스페인의 그라나다 동굴 카페에서 플라멩코를 보았다.

몸에 붙는 화려한 조끼를 입은 남자, 주름이 잡힌 진홍의 긴 치마를 입은 여자 댄서가 춤을 추고 있다. 구두 앞창으로 탁탁 무대 바닥을 차는 플란타, 앞 코를 치는 푼타 그리고 뒷굽을 치는 타콘을 섞은 발동작이 경쾌하다. 브라세오 팔 동작과 마노라 불리는 손동작의 우아함. 빠른 동작과 정지된 포즈가 교차하는 독특한 춤은 투우사의 움직임과 닮아 있다. 절정의 순간에 보여주는 그들의 표정도.

굽이굽이 인생을 살아온 듯 중년의 가수가 기타를 치며 거친 목소리로 마음을 긁는다. 진한 목소리가 나의 마음을 한 움큼 훑고 지나간다. 아리랑과 포르투갈의 파두처럼 집시의 한과 안달루시아의 열정이 고스란히 녹아있다. 영혼의 밑바닥으로부터 감정을 끌어올려 절정에 도달한다. 칸테 플라멩코의 순간이다.

스페인 남부, 따가운 햇살 아래 마지막 발길을 내디뎠던 집시의 진한 삶이 플라멩코에 담겨 있다.

오대호 연안에서 자연의 플라멩코를 보았다. 하늘에서 나이아가라 폭포를 내려다본다. 여러 갈래에서 거칠게 물이 몰려든다. 목적지를 향하여 흘러온 물은 나이아가라 폭포 바로 위, 넓은 지역에서 합쳐지며 잠시 숨을 죽인다. 좁은 공간에서 광장으로 나올 때, 잠깐의 정지된 공허. 커다란 수역에 모인 물은 그들의 영혼이 순식간에 고양되어 차원이 달라질 것을 알고 있기에 긴장감이 몰려 있다. 드디어 폭포가 되어 떨어진다. 거대한 낙차 에너지를 흠뻑 먹으면서 물은 쪼개지고 흩어지며 사방에서 빛이 된다. 무지개가 보인다.

배를 타기 위해 나이아가라 폭포가 떨어지는 뒷면으로 들어갔다. 응축된 에너지가 모여서일까, 어둠 때문일까. 공포감이 서늘하게 몰려든다. 서둘러 비옷을 입고 배에 오른다. 폭포에 다가갈수록 거칠게 쏟아붓는 물 폭탄과 일렁이는 파고로 배에 탄 사람들은 흠뻑 젖어 환호성을 지른다. 그들의 얼굴에는 폭포가 흐르고 나이아가라가 온몸을 가득 적신다. 거대한 낙차 에너지를 입은 그들은 날고 싶었다. 찢기고 휘감긴 비옷을 벗어 던진다. 그들은 무지개가 되어 폭포 위로 가볍게 날아오른다.

3월의 썸머데이

리조트는 젠 스타일로 휴양에 더없이 쾌적하다.

눈을 뜨자 간밤의 피곤을 떨쳐내기 위해 몸을 뒤척여본다. 등 허리에 늘쩍지근한 방안 공기가 느껴진다. 선뜩했던 서울 기온과 사뭇 다르다. 일어나 테라스 문을 연다. 스콜을 쏟아낼 듯 후텁지근한 바람이 얼굴로 달려든다.

찌를 듯이 솟아오른 야자수 나무와 육각형 나뭇조각을 정교하게 이은 지붕이 내려다보인다. 멀리 수영장이 보이고 선베드에는 타월이 눈부시게 정리되어있다. 길목은 파초와 꽃으로 장식되어 더없이 사랑스럽다.

서울의 꽃샘추위를 담보로 하여 여름을 빌리러 발리에 왔다. 겨울은 길었고 나는 남국이 그리웠다. 추위에 움츠렸던 몸과 마음은 하루 만에 여름을 맞아 긴장이 풀리고, 세포들은 낱낱이 해체되었다.

영화 '먹고 기도하고 사랑하라'에서 줄리아 로버츠는 자신을 찾기 위해 모든 것을 내려놓고 여행을 떠난다. 쉬기 위해 갔던 이탈리아에서 달콤한 게으름을 알게 되고, 인도에서는 결혼생활을 돌아보고 상처를 주었던 자신을 용서한다. 발리에서는 새로운 시작을 두려워하면서, 다른 사랑을 만나고 받아들인다.

영화에서 본 발리의 시골풍경과 줄리아 로버츠의 편안함에 마음이 끌려 나도 이곳에 있다.

30℃가 넘는 한낮의 울루와뚜 사원을 등에 지고 절벽 해안을 따라 내려간다.

절벽에 부딪혀 부서지는 하얀 물거품과 짙푸른 바다가 선명하게 대비되어 절경을 이룬다. 절벽을 감싸 안듯 겹겹이 싸인 흰 포말, 여기에서 탄생했던 아프로디테를 찾는다.

바다를 향해 서서 하염없이 바라보다 보면 잊혀진 누군가가 대답을 하고, 삶에 대한 해답을 들려줄지 모른다는 착각을 잠시 하지만 뜨거운 태양을 이길 수는 없다. 늘 그렇듯이 낯선 풍경을 만나러 낯익은 안락함을 버리고 거리를 헤맨다.

리조트 앞에 좌우로 넓게 펼쳐진 해변에서 석양을 본다.

사방이 확 트인 드넓은 바다 위에 노을과 뭉게구름이 만나 서로를 주홍으로 물들이며 검붉은 채색화를 그린다.

야외 테이블에 앉아 주위를 둘러본다. 서양의 노부부와 딸 그리고 어린아이들, 삼 대가 제각기 다른 즐거움에 푹 젖어있다. 할머니는 3인조의 밴드에 맞춰 존 덴버의 노래를 따라 부르며 몸을 흔들고, 딸은 아들을 안고 스텝을 맞추고 아이들은 엄마 주변을 맴돌며 풀밭을 뛰어다닌다. 휴양지에서는 역시 가족 풍경이 제격이다. 우리도 서로에게 넉넉해지고 각자의 감정에 사치를 더하며 웃고 있다.

우붓 왕궁과 시장에는 따가운 햇볕에 벌겋게 단 동서양 얼굴들이 서로 부딪치고, 차량이 뒤엉켜 혼잡하다. 이 혼란 틈에도 오후가 되면, 전통의상을 입고 이마에 흰 쌀알을 예쁘게 붙인 여자들이 머리에 바구니를 이고 사원으로 향하는 행렬을 곳곳에서 본다. 마을에는 집마다 가족 사원이 깔끔하게 관리되어있고, 리조트 앞에도 저녁마다 꽃을 담은 작은 상자를 놓아둔다. 힌두교는 종교라기보다는 관습으로 생활 속에 깊이 자리 잡은 듯하다.

옛 왕들의 석굴 무덤이 있는 사원에서는 서양의 부부가 꽃과 물을 뿌려주는 힌두 의식으로 정갈하게 기도를 올리고 있다. 그들의 종교는 모르지만 다른 문화도 존중하며 받아들이는 모습이 경건하다. 우리에게는 보호종인 도롱뇽이 냉장고 뒤에서, 유리창 밖에서 우리를 엿보며 눈맞춤한다.

스미냑은 발리의 강남으로 청춘들의 거리다. 등허리를 드러낸 늘씬한 몸매와 배우 필의 젊은 남녀들로 거리는 흔들린다. 오른쪽 바다는 외국인이 주로 이용하고, 야외 음악당 카페에서 음악을 들으며 수영할 수 있다. 반대편, 현지인들이 이용하는 해변에는 길거리 음식이 좌판에 펼쳐져 있고 높은 파도에 휩쓸리며 노는 아이들의 외마디 소리와 연인들 웃음소리가 경쾌하다. 딸의 몸에 묻은 모래를 씻어주는 엄마와 딸의 실루엣이 석양 속에 정겹다.

우리가 내렸던 비행장에서 이륙한 비행기가 어딘 가를 향해 석양 속으로 사라진다.

이제 잠시 빌렸던 여름을 반납할 시간이다.

비행기에서의 잠은 의식은 누웠으나 모든 관절은 눕히지 못하고 긴장한 상태로 시간을 버틴다. 잠이 들지 못하면 못한 대로, 할 일 없는 바른 자세는 의식을 곧추세운 채 표정마저 당혹스럽다. 몸은 부어서 푸석푸석, 개운치 못한 얼굴과 밤새 구겨진 옷은 영락없는 패잔병이다. 여행은 미지의 세계를 향해 야심차게 떠났다가 열정을 소진하고 새로운 지평 한 조각을 품고 돌아오는 과정이다. 어쩌면 첩과 새살림을 차렸다가 젊음을 탕진하고 안락했던 본처에게 돌아가는 모습이 아닐까. 내면은 많이 내밀해지고 인생은 두터워졌겠지.

벚꽃이 한창인 오늘, 반납한 여름을 그리워하며 줄리아 로버츠를 다시 만난다.

바다로 떠나는 오디세이

낯선 곳에서 선잠을 잔 탓인지 평소보다 일찍 눈을 떴다. 약수터로 올라간다. 상쾌한 아침 공기가 나를 깨운다. 눈에서 잠이 지워지고, 얼굴에서 발끝까지 피로가 씻기어간다.

바위틈에서, 얼굴을 내보이기 아까운 듯 샘물이 청량한 소리를 낸다. 좋은 사람을 만나면 서로에게 기쁨인 것처럼, 맑은 물은 우리에게 건강을 선물하겠지. 샘물 옆에 놓인 바가지로 물을 마신다. 내 안의 세포들이 부스스 생기를 찾는다. 오묘한 철분 맛이 미네랄 덕분이라지만 아직 건강을 탐할 때가 아닌지 물맛이 반갑지 않다.

쇳소리가 날 것 같은 청량감과 색다른 물맛, 그리고 퐁퐁 솟는 샘물. 찬찬히 들여다본다. A의 얼굴이 보인다. 남다른 생각과 새로운 아이디어가 나를 깨운다. 흘러넘치는 에너지가 옆 사람에게 입혀진다. 기발한 생각은 범상치 않다. 그 아이디어를 훔쳐서 사용해보고 싶지만, 전달할 언어와 이해시킬 에너지가 나에겐 없었다.

전망대에서 소양호를 바라본다. 먼 풍경 속에 나타난 소양호는 무심하게 안개 속에 가려져 있다. 양쪽이 산으로 둘러싸인 소양호와 오른쪽에 보이는 정자 그리고 기념탑이 그림 같다. 아침 안개는 수묵화를, 낮에는 말간 수채화를 만든다. 소양호의 물은 바람에 따라 잔잔한 물결이 표면에 일렁일 뿐 깊은 속을 가늠할 수 없다. B가 그랬다. 드러난 표정으로 그 마음을 안다고 생각했었다. 호수 가장자리에서 잔파도 소리가 들린다. 그의 나지막한 목소리를 알아듣지 못한 것일까. 우리는 서로를 모른채 다른 길을 가고 있다. 궁금하다. 나는 그의 잔잔한 물결에 무엇으로 각인되어 있을까.

양평의 계곡에 앉아 물소리를 듣는다. 물은 바위와 돌 틈을 스치고, 모래를 밀어내고 밀리면서 산기슭을 돈다. 요란한 움직임과 세찬 소리 속에 응어리를 풀어낸다. 들쭉날쭉 요란한 유영으로 비관적인 생각을 밀어버리고 스스로를 정화한다. 깨진 병

조각까지 예쁘게 깎고 다듬으며 계곡을 흐르고 하천을 지나 많은 것을 품은 물은 강이 되었다.

현실적인 선택이다. 목표를 향해 앞만 보며 흐르고 흘렀다. 마침내 도도하게 흐르는 큰 강물이 되었다. 내가 C에게 말했다. '지금의 성공 바탕엔 무엇이 있을까.' '긍정의 에너지와 앞만 보고 열심히 뛰어온 덕분이야.' '고생했어! 이제 큰 강이 되었네. 스스로 뛰어다녔던 삶은 잠시 접어놔.'

바다 같은 남자를 꿈꾼다.

「개선문」의 라비크와 같은 남자다. 독일인 라비크는 유대인을 숨겨주어 감옥에 갇힌다. 게슈타포 하케에게 고문을 당하고, 사랑하는 약혼녀의 고문을 눈앞에서 지켜볼 수밖에 없었다. 강제수용소에 끌려간 그녀는 끝내 자살로 생을 마감한다.

기억은 소금처럼 그의 인생에 침잠하여 그를 더욱 단단하게 만들었다. 그에게 기억은 고통과 절망이면서 살아가는 힘이다. 하케의 악몽에 쫓기고 현실에서 그를 뒤쫓는다. 추방당할 것을 알면서도 죽어가는 사람을 구한다. 모욕에는 저항할 수 있지만, 연민에는 어찌할 수 없는 남자.

모든 것을 알고, 할 수 있는 강인한 남자. 파리의 안개처럼 모호한 현실이지만 그는 고난에 굴복하지 않고 순간을 영원처럼 살면서 개선문을 향해 묵묵히 걷는다. 라비크는 소금을 품은 바다처럼 밀도가 높은 사람이었다.

작은 샘에서 발원하여 바다에 이르기까지 전생의 모든 기억을 받아들인 바다. 원죄가 소금처럼 담겨 있다. 바다는 억센 바람과 파도에 부딪히며 부활을 기다린다. 세상을 힘차게 유동하며 맑게 정화된 물이 흘러들어온다. 생명력을 가득 담은 강물이다. 바다가 구원된다.

바다 같은, 그런 사람은 가까운 곳에 있을까, 내 곁을 스쳐 갔을까 아니면 소설 속에서 살고 있을까.

득남 씨의 홀리데이

선잠에서 깨어나 잠자는 엄마의 얼굴을 들여다본다.

뺨에는 잔주름이 실같이 퍼져있고 눈가에도 주름이 잡혀 있다. 미간은 잔뜩 힘을 주어 고랑이 깊다. 딸 여섯의 뒷바라지를 하면서도 예뻤던 손은 살이 빠져 쪼그라져 있다. 오늘 시작할 여행이 자식들의 욕심이 아닐까 걱정이다.

엄마의 건강은 몇 번의 고비가 있었다. 인사 발령이 나자 이사를 도와주러 엄마가 대전에 왔다. 나는 저녁 약속이 많았고, 엄마는 늦은 밤까지 혼자 계시게 되었다. 비 오는 날이었다. 길거리에 우산도 없이 서 있는 엄마를 보고 깜짝 놀랐다. 혼자 있다 보니 숨이 막힐 것 같았단다. 서둘러 서울로 돌아왔지만, 엄마는 식사를 거부했다. 걸음은 휘청대고, 목욕을 시켜드려야 했다. 노인성 우울증은 심해졌고 병원에 가도 나아질 기미가 보이지 않았다. 자그마한 체격에 빠른 걸음걸이로 부지런히 다니던 분이 몇 주 사이 이럴 수가 있나, 노인 건강은 장담할 수 없다는 말이 실감 났다.

가족이 모였다. 엄마의 건강을 되찾기 위해 여행을 준비했다. 딸 다섯과 사위들 그리고 손주를 대동해서 12명이 북해도에 가기로 했다. 엄마는 돌아가면서 부축하거나 휠체어를 빌리기로 하고.

그렇게 나의 엄마, 득남 씨의 여행이 시작되었다.

처음에 엄마의 걸음걸이는 브레이크를 걸 힘이 없어서인지 앞으로 쏠려있고, 넘어지지 않기 위해 다음 걸음을 빠르게 내디디니 위태로워 보였다. 이 사위, 저 사위의 부축을 받으며 겨우 일정을 소화했다.

여행이 하루, 이틀 지나면서 조금씩 기력을 찾기 시작했다. 온천에서 유카타를 입고 다소곳이 앉아 사진을 찍고, 자식들의 에스코트가 없으면 버스에서 내리지 않는다. 호텔에서 '약'하면 약을, '세수'하면 칫솔과 화장품을 내어드리는 전속 서비스는 내가 맡았다. 엄마의 걸음걸이가 차츰 안정을 찾게 되면서 엄마의 팔짱은 나에게 끼워지게 되었고, 다른 딸들은 어느새 남편과 걸음을 같이 하고 있었다. 여행이 거의 끝날 무렵, 엄마는 평지에서 우리와 나란히 걸을 수 있을 만큼 회복되었다. 우울증 치료로는 역시 여행만한 게 없다.

돌아오는 길, 공항에서 비행기를 기다리고 있었다.

쇼핑을 좋아하는 득남 씨, 딸들과 함께 면세점을 둘러본다. 한 명품점 앞에서 핸드백을 이리저리 살펴보는 득남 씨. 딸은 디자인은 괜찮지만, 엄마가 몇 번 들지 않을 것 같다고 생각한다. 시간도 넉넉지 않다.

'엄마, 다음에 보자.'

'다음… 언제?'

'엄마 안 들고 다닐 거 같아.'

'…….'

가족이 모여 있는 곳으로 돌아온 엄마. 표정이 좋지 않다. 눈치를 모르는 사위, "어머님! 딸들과 여행 오시니 좋으시죠. 다음에 또 같이 오세요."

"좋긴 뭐가 좋은가? 가방 하나 못 사는데…." 엄마가 심드렁하게 말한다.

"어머님이 사고 싶어 하시는 거 사드려요. 딸이 몇인데…."

사위가 달러를 꺼낸다. 득남 씨의 입가에 슬며시 작은 미소가 번진다.

이 모습을 지켜본 초등학생 손자, 이모들을 향해 속삭인다.

"나는 보았지. 할머니의 웃음을."

우리는 숨이 막히게 웃으며, 가방 가게를 향해 부리나케 달려 간다.

폼페이 시인의 집

　사방이 짙은 회색빛이다. 걸음을 옮길 때마다 먼지가 피어오르듯, 도시는 화산재의 색깔로 물들어져 있었다. 하늘에서 먼지가 내려오고, 먼지로 가득한 공기는 안개보다 더 확실하게 소리를 죽인 도시. 존 스타인 백의 「분노의 포도」가 곳곳에 새겨져 있다.

　하늘에서 비석이 비처럼 쏟아지는 최후의 날. 희생자의 얼굴에는 그날의 공포가 그대로 달라붙어 있었다. 전시실 유리 안에 웅크리고 앉아 손바닥에 얼굴을 묻은 사람. 고개를 숙이고 남몰래 울고 있는 것 같아 멀찍이 자리를 비켜주고 싶었다. 죽어가는 사람의 공포와 두려움이 나를 엄습한다. 마지막 순간, 그들은 무슨 생각을 했을까. 그들은 인간이 가야 할 길을 보여주었고, 나는 그들로부터 달아나고 있었다.

도로는 마차가 다니는 길을 중심으로 양쪽에 단차가 높은 인도가, 현대의 도로처럼 배치되어 있다. 검은색의 커다란 화산암을 잘라 맞춘 돌, 오랜 세월 마차의 왕래로 깊숙이 파인 바퀴자국. 로마 시대, 그들이 밟았던 길을 걷는다. 목이 마를 때쯤이면 신기하게 거리 분수가 나온다. A.D.100년도 채 안 된 시대, 가로 아본단차 거리와 세로 스타비아나 거리를 중심으로 바둑판처럼 반듯하게 설계된 도로. 물을 담아놓은 저수조를 도시 외곽의 가장 높은 곳에 설치하고, 자연 낙차로 내려온 물이 각 건물 위의 급수탑에서 저절로 압력을 조절한 후 각 가정에 공급했다. 폼페이는 놀라운 도시였다.

로마를 대표하는 문화, 공중목욕탕을 둘러본다. 목욕탕은 본연의 목적 외에 수영, 운동과 오락시설을 할 수 있는 다용도 휴식공간이었다. 넓은 공간에 화려한 치장이 요즘의 워터파크 같은 곳이 아니었을까. 목욕탕의 선정적인 벽화에서 그들의 생활을 엿볼 수 있다. 노변 술집, 식당, 빵집, 여관 등 접객업소가 즐비하다.

관람객들이 줄을 서 있다. 유곽이다. 넓은 복도가 있고, 양쪽으로 여러 칸의 방들이 다닥다닥 붙어 있다. 복도 사방에 그려진 19금의 민망한 벽화 색채가 아직도 선명하다. 좁은 방에는 붙박이 침대만 하나 놓여 있고, 벽에는 낙서들로 가득 차 있다. 인간의 원초적 욕망을 부끄럼 없이 드러낸 폼페이의 모습은 곳곳에서 볼 수 있다. 이곳은 '소돔과 고모라'의 도시라는 그 시대의 낙서가 머리를 끄덕이게 한다.

비극 시인의 집 앞이다. 79년 8월, 폼페이 최후의 날. 로마에 있던 시인은 화를 피했지만, 고향의 집을 그리워하며 비극의 노래를 불렀다. 시인의 집에는 사나운 개가 있었고, 집 입구 바닥에 개의 그림과 함께 조심하라는 글이 새겨져 있었다. 그곳이 나의 그리운 집이라고, 네로황제 곁에서 하프를 켜면서 노래를 불렀다고 가이드가 말했다.

비극 시인이 그토록 가고 싶었던 파란 대문집이 화산재를 걷어내고 세상 밖으로 나왔다. 나는 지금, 그 집을 바라보고 있다. 비극 시인이 그렇게 보고 싶어 했던 그 집을. 내가 비극 시인이 된 듯 눈과 심장이 아우성친다. 긴 시간을 끌어당기고 그를 소환하여 보여주고 싶었다. 그의 애타는 소원을 들어주어야 발을 뗄 수 있을 것처럼.

비슷한 상황이 머리를 스친다. 거제 연초댐에 출장을 갔었다. 건기라 댐의 물이 많이 빠져 있었다. 수질을 조사하려고 배를 타고 댐 안으로 들어갔다. 댐의 가장자리 부분에 시멘트벽과 나무가 드러나 있다. '이게 뭐예요.' '수몰민의 옛집이에요.' '네?'

나는 의아한 시선으로 그 집을 바라보았다. 꿈에서나 볼 수 있었던 집터가 세상 밖으로 나오고, 저 옆에는 장독대가 있어 엄마가 드나들며 간장을 뜨고, 친구들과 고무줄을 매어 놓고 놀았던 나무를 다시 만난다면 그들의 심정은 어떨까. 별안간 내가 수몰민이 된 듯 가슴이 뜨거워져 숨을 죽인다. 내가 어릴 때 살았던 골목을 헤매는 꿈을 자주 꾸어서 옛집이 주는 의미를 알았기 때문일까. 아니면 근원을 향해 가는 첫걸음이 태어난 곳, 본향이기 때문일까.

폼페이를 다녀와서도 파란 대문집이 머리에서 떠나지 않는다. 메리 비어드가 쓴「폼페이, 사라진 로마 도시의 화려한 일상」을 읽었다. 내가 알고 있는 사연은 잘못된 정보였다. 폼페이를 발굴할 당시, 이 집의 회랑 벽에 청중 앞에서 작품을 낭송하는 비극 시인이 그려져 있어 편의상 '비극 시인의 집'으로 불렀다고 한다. 이 벽화도 나중에 그리스 신화에서 신탁을 듣는 장면으로 밝혀졌고, 네로 황제 재위 시기가 화산폭발 이전이니 모두 틀린 것이다. 그러나 이 집은 많은 사람에게 상상력을 불러일으켰나 보다. 에드워드 불워 리턴도 이 집을 모델로「폼페이 최후의 날」을 썼고, 나에게도 여전히 '비극 시인의 집'인 것이다.

베수비오산에 올랐다. 산의 초입 비탈면에 과일나무와 여러 잡목이 보인다. 산을 오를수록 나무는 사라지고 검은 현무암과 흙만이 덮여 있다. 지금도 화산이 폭발했던 웅덩이에서 연기가 뿜어져 나온다. 베수비오산 정상에 서서 10Km 아래 떨어진 폼페이 시가지를 바라본다.

화산이 폭발하여 서 멀리 폼페이를 뒤덮었고, 도시는 일시에 사라졌다. 수천 년 후 다시 나타난 도시에는 건물과 도로 등 그들이 살았던 시가지는 남아 있다. 그러나 이 도시에서 숨쉬고, 사랑하고 미워하며 살았던 사람들은 먼지가 되어 사라졌다.

그날의 폼페이. 저절로 땀이 식는다.

돌아오라

소렌토. 마을은 두 팔을 둥글게 벌려 바다를 반기고, 바다는 그 품에 포근히 안겨 있다. 성당 앞에서 동네 아이들이 엄마 주변을 돌며 뛰어놀고 있다. 엄마의 소박한 미소와 아이들의 흥겨운 소란을 지켜보니 오랫동안 같이 지낸 이웃을 보는 듯 친근하다.

성당에서 뎅~~뎅~~뎅~~ 저녁 종이 울린다. 묵직한 종소리가 가슴에 깊이 울리며 낮은 진동으로 온 세포를 채운다. 나에게는 안온한 하루를, 이 마을에는 충만한 평화를 선물한다. 마음은 따뜻해지고 겸손해져 공손히 손을 모은다.

소렌토, 어부의 마을에 붉은 석양과 함께 어둠이 조용히 내려앉는다. 마을 사람들이 여기저기 모여 하루를 감사하며 저녁 식사를 하고 있다. 그들의 높아진 음성에서 밝은 내일을 예감한다.

와인 한 잔에 여행의 피로를 푼다. 낮 동안 빛나던 물결 위에서 알알이 부서졌던 햇빛이 불빛이 되어 언덕 위 성벽에 흩뿌려져 있다. 한낮을 맘껏 고양시켰던 햇빛, 평화로운 저녁노을과 종소리 그리고 불빛이 빛나는 저녁 밤이 따뜻한 행복감을 나에게 안긴다. 일상에서 토해냈던 불만과 비판의 말을 접고, 깊은 곳에서 울려 나오는 말을 조용히 기다린다.

파바로티의 '돌아오라 소렌토로'가 내 머릿속에 리와인드되며 아우성친다. 오늘 한낮의 빛나는 햇빛 아래, 소렌토 항구의 긴 계단을 올랐다. 광장에 서서 햇빛에 반짝이는 바다를 바라보았다. 아름다운 바다와 그리운 빛난 햇빛을, 내 맘속에 영원히 저장해 춥고 우울한 날 꺼내보고 싶다. 블루 셔츠를 잘 입었던 그 사람을 이곳에서 기다리고 있다고 전하고 싶었다.

선이 고운 그 사람의 옆얼굴에서 고독을 보았다. 우리는 강의실과 도서관에 항상 몰려다녔다. 웃고 장난기 있는 모습에서 어떻게 푸른 빛을 보았는지 잘 알 수 없었지만 그렇게 느꼈다. 3학년 1학기가 끝나고 종강과 그 친구의 입영 송별이 있었다. 중국집 2층의 커다란 방이었다. 술이 오가고 분위기가 한창 무르익었을 때, 그가 말했다. '경희와 결혼식을 하지 않으면 입영을 안 할 거야.' 우리는 여럿이 함께 있었을 때조차 이야기를 나눠 본 적이 없다. 모두 의아한 표정을 잠시 지었지만, 장난이 시작되었다. 머리의 숱이 적어지기 시작한 복학생 형이 주례와 아버지를 각각 맡았다. 드디어 신부 입장이다. 내가 몇 걸음 발을 떼었다. 그때, '이 결혼은 무효야'라는 말 대신에 누군가가 던진 소주잔이 날아와 내 옆에 떨어졌다. 깨진 유리 파편이 여기저기 흩어지고 결혼식은 아수라장이 되어 끝났다. '경희야. 넌 뭐냐. 재는 그렇다 치고.' 친구들의 야유가 나에게 날아왔다. '내가 뭘...' 변명이 궁색해지자 뒷말이 입안으로 숨어들었다.

2학기가 시작된 날이다. 수강생으로 가득 찬 강의실이 텅 빈 것 같다. 창밖을 바라보고 있었다. 맑은 가을 하늘에 '눈이 부시게 푸르른 날, 그리운 사람을...' 노래가 떠올랐다. 갑자기 군대 간 그 친구가 보고 싶어져 눈이 아렸다.

그때, 강의실 앞문이 열리고 그 친구가 들어선다. '어! 무슨 일이야?' 웃으면서 묻는 내 눈에는 나도 모르게 물기가 배어 나왔다. 그날 강의실을 끝으로 한참을 보지 못했다.

몇 년 후 강의실 계단에서 나는 내려가고, 그 친구는 올라오는 휘어지는 난간 꼭짓점에서. '안녕, 다음에 봐.' 하며 나는 대학원 강의실로, 그는 학부 강의실로 향했다. 그리고 졸업 가운을 반납하고 내려가다, 가운을 반납하러 올라오는 그를 마지막으로 보았다.

누군가 '돌아오라 소렌토로'를 흥얼거린다. 그 목소리에 푸른 색이 배어있다. 뒤돌아서 노래를 부르는 일행을 마주하는 순간, 내 푸른 추억은 저만큼 바다로 흩어진다.

골목을 나서면서 하늘을 올려나보았다. 건물 위, 2층 창문에서 빨래를 걷으면서 밖을 내다보던 젊은 주부와 눈이 마주친다. 깔끔하게 올린 머리, 흰 리넨 옷에 검은색의 앞치마를 입고 있다. 그녀의 모습, 찬 기운이 느껴질 만큼 정갈한 홑이불이 한 폭의 그림이다. 문득 푸른 셔츠의 그 친구가 그녀 곁에 서 있을 것만 같아 나의 눈길이 길게 머문다.

명화 속의 얼굴이 나를 보고 미소를 짓는다.

파라오를 만나다

노트북을 켰다.

카이로의 야경이 화면에 가득하다. 갈 수 없는 고향을 만난 듯 애틋하다. 내 마음은 이집트를 향해 달려간다.

알렉산드리아에서 에게해를 처음 보았다. 따가운 햇볕과 뜨거운 바람을 맞으며 오랫동안 바라보았다. 악티움을 향해 떠나는 안토니우스를 배웅하는 클레오파트라를 떠올린다. 마지막 모습이 될지도 모르는 안토니우스를 떠나보내며 먼저 떠난 시저를 생각했을까. 이집트를 위해 사랑하는 안토니우스를 두 번이나 배신해야 하는 훗날의 아픔을 예견했을까. 클레오파트라를 향해 던지는 온갖 오명에도 이집트를 지키려는 파라오, 자식을 사랑하는 어머니 그리고 안토니우스를 향한 사랑으로, 그녀의 굴곡진 삶이 첩첩이 겹쳐져 있는 도시를 등지고 바다만 바라보았다. 알렉산드리아를 세계 제국의 중심으로 만들려던 그녀의 야망은 바다 속에 알알이 부서져 물거품이 되었다.

가자의 피라미드 밑에서, 낙타의 크기에 뒷걸음질 치고, 피라미드에 다시 놀라며 파라오의 위용을 어림해 본다. 고개를 잔뜩 숙이고 피라미드의 작은 입구로 들어가면, 파라오가 위에서 거만하게 나를 내려보는 듯하다. 힘겹게 긴 회랑을 거쳐 들어선 피라미드 한가운데, 빈 공간에서 파라오의 신비를 느낀다. 파라오는 이집트에 의해 만들어지고, 이집트를 만든다는 말을 실감한다.

람세스 2세와 그의 아버지 세티가 아몬신을 위해 고뇌하며 심혈을 기울여 완성한 카르낙 신전에 갔다. 아몬 신을 위해 '고르고 고른 땅'이라는 이름의 카르낙 신전은 40만 평의 신전에 오벨리스크와 석상, 석주들이 줄지어 세워져 있다. 예전에는 스핑크스들이 룩소르 신전까지 수십 킬로미터 줄지어져 있었다고 한다. 아몬 신은 지상에서 그를 대리하는 파라오에게 영적인 힘을 재생시켜준다. 람세스 2세는 '태양신' 라와 '태어나다'는 뜻의 모세를 합친 이름으로 '빛나거라. 그렇지 않으면, 사라지라'는 아버지 세티의 엄명을 받고 파라오 수업을 받는다. 크리스티앙 자크의 소설 「람세스」를 읽은 후라서인지 두 사람의 대화를 엿듣는 듯, 그들의 숨결을 느낀다. '파라오는 어떤 존재입니까.' '파라오는 비틀린 지팡이를 바로 세우고, 혼돈 속에서 끊임없이 질서를 바로잡는 자'라고 답하는 세티. '마아트를 추구하라. 우주의 조화와 아름다움을 창조하는 삶의 법칙을 따르라'고 힘주어 말한다. 우리에게 필요한 지도자의 덕목을 수천 년 전, 이곳에서 본다.

여러 부호와 기호, 상징물 그리고 이 생과 저 생을 건너는 배, 신과 인간을 잇는 파라오의 존재에 무언가 모를 경외감이 든다. 근원의 태양으로부터 솟아오른 최초의 돌을 상징하는 오벨리스크. 그것을 파리로 가져간 나폴레옹은 이 돌이 있음으로써 창조가 계속된다는 것을 알았을까. 나일강을 거슬러 올라가며 오시리스의 축제를 준비하는 과정을 그린 벽화와 터키와의 카데슈전투 벽화들이 그려져 있고, 그 모습들이 생생하다.

이어진 왕들의 계곡. 파라오의 영혼들이 부활한다는 이곳에서, 긴 잠을 자려던 그들의 의지와는 상관없이 여러 무덤이 발굴되고 있다. 화려한 부장품이 묻혔던 투탕카멘의 유물은 카이로의 박물관으로 이전되고 람세스도 박물관 속 미라로 부활하였다.

이집트 국토를 자신의 신전과 석상으로 뒤덮은 파라오 람세스를 만나기 위해 아부심벨로 향했다. 아스완하이댐이 건설되

면서 만들어진 잔잔하고 넓은 나세르호수가 보인다. 식물성 플
랑크톤이 과다하게 많은 상태를 뜻하는 호소의 부영양화를 연
구하면서 여러 논문에서 언급된 아스완하이댐의 물속을 관찰한
다. 직업은 속일 수 없다.

아부심벨 신전이 보인다. 드디어 람세스 2세와 정면으로 마
주한다. 이집트의 가장 강력한 파라오! 람세스의 청년과 같이
당당하고 순수한 얼굴을 보았다. 신이 되고자 한 인간, 인간과
신을 잇는 신비의 파라오를 상상해왔는데 신의 모습은 없고 맑
은 영혼을 가진 청년을 만났다. 오른쪽에는 람세스 2세가 사랑
했던 왕비 네페르타리의 신전이 있다.

내일이면 이집트를 떠난다. 물과 태양의 나라, 공정함과 정의
와 아름다움이 의미가 있었던 나라. 다른 여행지와는 확연히 다
른 이곳의 일정을 되돌아보다 잠이 들었다. 한 남자가 낙타의
등에 오른다. 그 남자는 낙타에 오르자마자 파피루스 두루마리
를 아래로 확 펼친다. 거기에는 '나는 떠난다. 이곳을'이라는 글
귀가 있다. 이상한 꿈이었다.

호텔 뒤의 상점에 선물을 사러 갔다. 주인과 보디랭귀지를 하
는데 소통이 어렵다. 둥그런 눈과 긴 속눈썹을 가진 7~8세 정
도의 아들이 우리를 지켜보고 있다. 그 소년이 아버지 손을 잡
고 창고로 끈다. 아들의 중재로 물건을 팔게 된 아버지의 웃음

과 맑고 솔직한 시선으로 우리를 쳐다보던 소년에게서 람세스의 모습이 보인다. 파라오는 약한 자를 구해주고 누구에게나 도움을 주는 자이며, 우주의 조화와 아름다움을 창조하는 삶의 법칙을 따르는 자이다. 인간의 어리석음과 탐욕 때문에 파라오가 사라진다면 어둠이 땅을 덮을 것이라는 세티의 말이 들리는 듯하다. 신전을 떠난 파라오와 예닐곱 소년. 그들은 현대의 파라오를 찾을 수 있을까. 이집트에서 민주화의 소식을 들을 수 있을까. 소년에게서 눈을 떼지 못하며 이집트의 밝은 미래를 기도한다.

4

이타심은

육신은
살아 움직일 때 외에는 낙엽만큼의 가치도 없었다.
살아있어도
어딘가에 쓸모가 있어야 비로소 가치가 생기고,
그 크기는 자신이 영향을 미칠 수 있는 범위에 비례한다.
가족에게 필요한 사람이면 그만한 크기로,
한 분야에 영향을 주었다면 그만큼,
인류에 공헌하였다면 그만큼 위대한 사람일 것이다.
불교에서는 업이라고 한다는데
내 업은 무엇일까.
−본문 중에서

내 이름은 순영 씨

출근길에 눈이 펑펑 쏟아진다.

둔촌사거리에서 서하남IC 방향으로 직진을 하고 있다. 양옆
으로 늘어선 가로수에는 눈이 풍성하게 쌓여있고 오른쪽으로
보이는 서문교회 지붕과 첨탑에도 눈이 덮여 세상이 온통 하얗
다. 마침, 라디오에서는 빙 크로스비의 '멜레칼리키마카'가 흐
르고 있다.

초등학교 1학년, 내 생애 처음 받아 본 크리스마스 카드가 눈
앞에 펼쳐진다.

겨울 방학 전이다. 내 짝인 태철이가 다가와 슬며시 손바닥만
한 카드를 건네준다. 카드에는 눈 쌓인 나무로 둘러싸인 교회와

눈사람이 그려져 있다. 나무와 교회, 거리에는 온통 금은 가루가 뿌려져 있어 동화 속 그림이 세상 밖으로 튀어나온 듯 환상적이다. 이렇게 화려한 그림은 본 적이 없다. 말로 표현할 수 없는 신기함과 황홀감에 마음을 뺏기고, 호감은 더욱 커져 놀란 눈으로 태철이를 바라보았다. 태철이는 빙긋 웃으며, '내일은 다른 거 가져다줄게.' 하며 교실 밖으로 나간다.

다른 건 도대체 어떤 그림일까? 안데르센 동화책의 그림에 모두 반짝이를 붙여서 상상해 본다.

그림을 다시 한 번 들여다보고 속장을 펼쳐보았다.

'사랑하는 순영 씨.'로 시작되는 메시지다.

'뭐지. 내 이름은 경희인데….'

태철이 큰누나 순영 씨가 받은 크리스마스 카드였다. 누나의 카드가 너무 예뻐서 몰래 가져다준 것이다.

나는 피식 웃으며 태철이가 나간 문 쪽을 바라보며 카드를 다시 들여다본다.

목숨 건 정조 지키기

열 살 무렵, 여름방학이다.

나는 김포 외갓집에 와 있었다. 외가 뒤에는 나지막한 산이, 오른쪽으로는 한강이 흐르고 앞에는 넓은 김포평야가 펼쳐져 있다. 한강에 접해 있는 넓은 봇둑길은 끝없이 이어지고, 크고 쭉 벋은 포플러가 줄줄이 서 있다. 나무에 다가가면 쨍한 매미의 울음소리는 점점 커지고, 황소는 평화롭게 풀 위에 앉아 되새김질하면서 꼬리를 움직여 파리를 쫓는다. 큰 눈과 긴 속눈썹으로 나를 바라보면서.

지금은 경인 아라뱃길이 들어서면서 넓은 평야였던 논이 사라져 볼품없는 마을이 되었다.

산을 등진 강가의 마지막 집은 이모네였고, 그 옆집이 외갓집이었다. 뒷산 방호 초소에는 군인들이 한강을 지키고 있었다. 이모네는 서울서 음식점을 하면서 돈을 모았지만, 이모부의 노름으로 빈손이 되어 고향으로 돌아왔다. 논이 없어 농사를 짓지 못하는 이모부는 작은 나룻배로 고기를 잡아 어쩌다 오는 손님에게 매운탕을 팔았다. 사촌들은 나이가 어려도 수영을 하고 노를 저을 줄 알았다. 무더운 여름밤, 모깃불을 피워놓고 멍석에 누워 이모가 쪄온 옥수수와 단호박을 먹으며 별을 보았다. 군대를 갔다 온 사촌오빠는 큰 배터리가 묶인 트랜지스터로 드라마 '전설 따라 삼천리'를 들었다. 나는 그 방송 시그널 음악이 나오면 방으로 들어가 솜이불을 꺼내 머리까지 푹 뒤집어쓰고, 귀를 막고 땀을 뻘뻘 흘리다 잠이 들었다.

한낮이었다. 중학교 2학년인 사촌 언니가 물놀이를 가자고 하며 나룻배에 나를 태웠다. 강 가운데 다다랐을 때 건너편 물가에서 놀 거라고 하면서 언니가 윗옷을 벗었다. 속에는 분홍색 수영복을 입고 있었다. '나는?'하고 물으니 '조그만 게. 그냥 벗으면 돼' 한다. 하긴 우리는 물에서 곧잘 놀았는데 수영복을 준비한 언니에게 오히려 놀랐던 모양이다. 윗옷을 벗고 무심히 앉아 건넛산을 올려다보았다. 초소 안의 군인과 멀찍이 눈이 마주친 것 같다. 나는 빨리 얼굴과 몸을 숨겨야 한다는 생각으로 배에서 뛰어내렸다. 물은 두 길이 넘는 듯했다. 수영은 할 줄 모른다. 물속에서 '언니~' 하고 부르니 입만 벙긋했을 뿐 소리가 나지 않았다. 물에서는 소리가 전달되지 않는구나 하고 가만히 있으니 물속이 편안해졌다. 졸음이 살짝 오고, 밖으로 나가야 한다는 생각은 잊고 있었다.

그때 언니가 물 안으로 들어와 나를 끌어 올렸다. 잠깐 노를 젓다 옆을 보니 아이가 없어졌고, 뽀글뽀글 물방울이 올라와서 나를 건진 거란다. 물에 빠져 언니를 부른 것이 나를 구한 것이다. '큰일이 생겼으면 어떡하라고 물에 뛰어들어.' 언성을 높였다. 그것도 잠시 우리는 물속에서 허우적거리며 놀았다.

군인과 눈이 마주친 순간, 옷을 다시 입는 방법을 선택하지 않고 왜 물로 뛰어든 걸까. 다시 옷을 입어도 나를 본 눈은 그대로 있다. 본 자와 보여준 자. 둘 중의 하나는 급히 시야에서 사라져야만 했다. 새가 숨으려고 자신의 머리만 눈 속에 파묻는 것처럼. 이것이 목숨 건 나의 정조 지키기였다. 그때 정조라는 개념은 전설의 고향을 원천으로 삼은 듯하다. 외딴 산골 집, 흑심을 품고 다가오는 나그네에게 규수가 '가까이 오지 마세요. 내 몸에 손을 대면…'하는 말을 '나를 보여준다'로 알아들었고, 나는 정조를 지키기 위해 기꺼이 한강에 몸을 던진 것이다.

친척이 모이면 그 얘기로 웃다가 언니가 말한다. '군인이 물놀이하는 우리를 바라본다면 꼬마인 너를 보았겠니. 바보야. 너

정조 문 세워달라고 김포군에 요청할게'

'엉? 왜 그래 언니. 이대로 살아있는 내가 좋은데. 언니는 생명의 은인이야. 뭐 갖고 싶은 거 없어?'

꿈은 게으른 여자

내 꿈은 게으른 여자였다.

푹신한 소파에 몸을 맡기고 매니큐어가 마르기를 기다리며 엄지와 검지로 조심스럽게 패션잡지를 넘기는 여자가 꿈이었다. 부의 기준은 망설이지 않고 꽃을 살 수 있을 만큼의 여유이고, 직장은 취미 생활에 필요한 용돈을 마련할 만큼만 다니는 것이다.

전공은 나를 귀찮게 하지 않고 적당히 따라갈 수 있는 학과가 어떨까 생각했다. 국문학과는 제출 날짜에 맞춰 글을 낼 자신이 없고, 미술은 멋져 보이긴 한데 창의성과 예술성이 초라해서 소박맞을 것 같았다. 가정학과는 실용성도 있고 꿈의 조건에 근접하지만, 수학 성적이 좋아서 망설여졌다. 문과로 가기엔 수학이 울고, 이과로 가자니 '적당히 살자'에 위배되었다.

아버지의 말 한마디에 화공과를 가게 되었다. 공대가 내 인생에 무슨 보탬이 될까 의아했지만, 딱히 하고 싶은 것도 없었다.

대학에 들어가니 여학생은 혼자였고 우아한 점심이나 패션은 없다. 커다란 네모 도시락을 싸 온 친구들과 학교 식당이나 라면집에서 점심을 나눠 먹고 중국집에서 짬뽕 국물과 소주로 개강과 종강을 맞았다. 가끔 소주잔이 허공을 갈랐고, 강의실에는 의자가 날아다녔다. 빈 강의시간에는 주로 당구장에서 시간을 보내서 보는 당구로는 고수의 경지다. 추운 겨울 운동장에서 벌이는 소프트볼 경기에 코트를 몇 개씩 덮어쓰고 구경을 하는 것도 즐거웠다. 가끔 자랑스러울 게 없는 인간이 남자라는 사실 하나로 우월감을 나타낼 때 '무슨 하찮은 자신감' 하고 의아해했다.

여학생 휴게실에 들어서면 주눅이 들었다. 그들은 내가 꿈꾸었으나 가지지 못한 여성성과 우아함을 다 가진 듯하고 나는 그저 '공순이'였다. 그들이 소곤소곤 이야기하는 모습만 봐도 기가 죽을 만큼 부러웠다.

졸업반이 되자 모두 입사시험 준비를 하는데 나는 할 일이 없었다. 그들은 나와 놀아줄 짬이 없고, 나는 인생의 방향을 알 수 없었다.

10.26 사태로 계엄령이 선포되었다. 학교에는 탱크가 들어오고, 장기 휴강상태가 이어졌다. 매일 늦잠자고 일어나 긴 하루를 방바닥과 씨름했다. 장기하의 '싸구려 커피' 노래처럼, 내 인생이 눅눅한 비닐장판에 영원히 쩍 달라붙어 녹아내릴 것 같은 두려움에 몸을 떨었다. 정신이 번쩍 들었다. 이 상황을 벗어날 대안도 없는 듯하고 아직 남은 허영심도 만족시킬 겸 대학원에 갔다. 학교만 다니다 끝났으면 싶은 나날이지만 또 졸업이 다가왔다. 비로소 사회적 책임이 생각났고 직업을 가져야 한다는 의지가 생겼다.

대기업 연구부서로 입사서류를 받으러 가면 군필 남자로 명시되어있어 나에게는 서류를 주지 않았다. 사회에서 처음 겪는 차별인데 '그래 공장과 연결된 연구실이니 기업이 편리성을 찾는 게 당연하지' 하고 고개를 끄덕였다.

우여곡절 끝에 취직을 했다. 매일 이어지는 야근은 친구들과 함께하는 놀이 같았고, 일의 성취감과 자부심이 나를 잡아끌었다. 삼 년만 다니자 다짐했는데 주어진 일을 하고 때가 되면 조금씩 오르는 월급과 승진 맛에 직장인으로 길들여져 가고, 게으른 여자는 저 멀리 날아갔다.

출장길에 스쳐 가는 차창 밖 풍경.

가을 들판에 노란 벼 이삭이 바람에 일렁이고, 먼 언덕 위 큰 나무 아래 세 명의 아낙들이 무심히 앉아 무언가를 하고 있다. 아마도 마음 밑바탕에는 애정이 잔뜩 깔려 있지만, 흉으로 표현되는 남편 그리고 자신도 모르게 입꼬리를 올리게 만드는 자식 자랑으로 이야기꽃을 피우고 있지 않을까. 부러움과 함께 잊혔던 꿈이 심장을 어퍼컷하여 나도 모르게 심호흡을 한다.

인생의 가을에 서서 돌아보니 모든 건 내 의지나 꿈과 상관없이 운명의 강을 굽이굽이 흐르고 흘러 지금 여기 와 있다. 한낮의 긴 꿈이다.

내가 이룬 건 꽃을 망설임 없이 살 수 있는 여유뿐인데, 내부의 기준은 이미 달라져 있어 꽃도 그 의미를 잃어버렸다.

이타심은

마취가 서서히 깨어나고 있다.

나는 '아파. 너무 아파'를 끊임없이 중얼거리는데 정작 어디가 아픈지 알 수 없다. 습관적인 웅얼거림인가, '왜 이러지' 하면서도 멈춰지지 않는다. 주변에서 나의 이름을 묻고 눈을 뜨라고 소리친다. 귀찮을 뿐이다. 이 소란스러움은 무얼까. 하나씩 기억이 떠오른다.

이른 아침, 동생이 앞의 침대에, 그 뒤로 내 침대가 바퀴 소리를 내며 긴 복도를 이동하고 있었다. 눈을 꾹 감았다. 부모의 괴로움이 보기 싫었고, 내 표정은 숨기고 싶어 눈을 감은 채 '걱정하지 말라'는 말만 했다.

복도 끝 수술실 앞에 다다르자 별안간 엄마, 아버지를 보아야

겠다는 생각이 들어 고개를 들어보니 엄마는 이리저리 서성거리고, 아버지는 무릎에 고개를 떨군 채 얼굴을 두 손으로 감싸고 앉아 있다. 두 딸을 수술실로 들여보내는 심정이 헤아려져 왈칵 눈물이 쏟아진다. 한번 솟은 눈물은 멈추질 않아 수술 준비 중에도 눈을 뜰 수가 없다.

'언니!' 동생의 목소리가 들린다. 눈물로 범벅이 된 얼굴을 보일 수 없어 쳐다보지 못하고 '왜? 어떻게 왔어' 하니까 '수술 전 언니가 보고 싶어서 부탁했더니 이동 침대로 데려다 줬어. 언니 울지 마. 별일 없을 거야' 하며 내 눈물을 닦아준다. '응. 아무렇지도 않은데 눈물이 나네. 너도 수술 잘 받아' 하고 동생을 보냈다.

삼십 대 초반의 둘째 동생은 신부전증을 앓고 있었다. 숨이 가빠 소파에 앉아 밤을 지새울 만큼 병세가 나빠졌지만, 내색은 하지 않았다. 우리는 서로 바빴고, 나는 동생이 치료를 잘 받고 있다고 믿었다.

병문안을 다녀오는 길에 첫째 동생이 말했다. 언니는 미혼이고 아래 동생들은 아이들이 어리니 자신이 신장 이식을 해주겠다고 한다. 미안한 마음에 한시가 바쁘니 같이 검사를 해서 가장 잘 맞는 사람이 이식하자고 했다. 동생의 남편도 이식해주겠다는 동생의 의견에 동의하였고, 수술 전에 부부가 여행을 다녀

오겠다고 한다. 미안했다.

검사결과가 나왔다. 첫째 동생은 B형이란다. 병원에서 아이 둘을 낳았는데도 A형으로 착각하고 있었다. 동생은 혈액형이 맞지 않아 이식해 줄 수가 없다. 내가 수술해 주기로 했다.

주변에서 어려운 결정이라고 한다. 나는 신장이 두 개이고, 남이 아닌 동생에게 주는 건 당연한 일이라고 생각했다. 고민할 필요가 없는 일에 무심한 편이고, 눈앞에 보이는 관심에 신경 쓰기도 바빴다.

수술 날짜가 서서히 다가왔다. 가족들은 내 눈치를 살폈고, 내 마음은 비로소 비뚤어지기 시작했다. 여행에서 돌아온 동생네를 보면 천만다행이라 생각하며 웃고 있겠지 하며 질투를 하고, 퇴근해 들어오는 나를 걱정스럽게 바라보는 부모도 보기 싫었다.

퇴근길, 핸들을 잡고 흐르는 눈물을 친구삼아 거리를 헤매었다. 석양이 너무 붉어서 눈물이 났고, 네온사인과 집집마다 켜진 불이 어둠에 반짝여서 울었다. 라디오에서 흐르는 이문세의 목소리가 슬퍼서 울었고, 어디에도 내 마음을 둘 곳이 없다는 생각에 눈물을 흘렸다.

나를 돌아보았다. 잘못되면 어떻게 하나 생각이 들었고 허무했다. 나만을 위해 거침없이 살아서 아쉬움은 없지만 남는 것도 없었다. 인류에 보탬이 아니라 주변을 위해서도 한 일이 없었다. 그동안 무엇을 하며 살았는지 흔적도 없이 사라질 존재였다.

평소 존경하던 어른을 찾아뵈었다. 걱정해 주시면서 이타심에 대해서 생각해 보라고 하신다. 남을 이롭게 하는 마음. 남에게 피해를 주지 않고 배려를 하려고 나름대로 노력했지만 정작 이롭게 하거나 봉사하려는 마음은 내게 없었다. 초등학교 시절, 석간신문을 펼쳐 들면서 무서운 세상을 접하고 사회가 두려웠다. 착하게 보이지 않으려고 전전긍긍하며 살아왔다.

어려서 몸이 약하고 내성적이라 부모님의 보살핌과 동생들의 도움을 받고 살았고 사회에서도 마찬가지여서 남을 위해 뭔가를 해본 일이 없었다. 열흘만이라도 남을 위해 뭔가를 해보자 다짐했지만 길을 물으면 성심껏 알려주기 정도나 할 수 있는 나는 일차원적 존재였다. 수술 전날, 통장 목록을 작성하고 동생에게 건넸다. '언니 왜 그래?' '그냥 설명해 놓고 싶어서.' 무심한 듯 부탁의 말을 동생에게 전했다.

수술 후 잠시 잠이 들면 꿈을 꾸었다. 깊은 크레바스처럼 어마어마한 하얀 빙벽에 내 몸이 내동댕이쳐져 하염없이 떨어지고 있다. 몸은 들려졌다가 침대에 툭 떨어지고, 나는 소스라치며 잠에서 깬다.

의사에게 물었다. '수술과정은 마취상태라 의식은 못 하지만 몸은 모든 것을 겪는답니다.' 그러고 보니 짐작이 된다. 위팔이 묶인 상태로 몸부림을 쳐서 스친 피멍 자국과 갈비뼈도 하나 자른다고 했으니 톱과 망치 등 도구들이 쓰였겠지. 의사와 정육점 주인의 얼굴이 겹쳐지며 내 몸이 한없이 안쓰러워진다.

인간의 육신을 돌아본다.

육신은 살아 움직일 때 외에는 낙엽만큼의 가치도 없었다. 살아 있어도 어딘가에 쓸모가 있어야 비로소 가치가 생기고, 그 크기는 자신이 영향을 미칠 수 있는 범위에 비례한다. 가족에게 필요한 사람이면 그만한 크기로, 한 분야에 영향을 주었다면 그만큼, 인류에 공헌하였다면 그만큼 위대한 사람일 것이다.

불교에서는 업이라고 한다는데 내 업은 무엇일까. 재능이 있었다면 이미 발현이 되었을 터인데. 나는 나의 쓸모를 찾고, 태어난 이유를 알아 빨리 그 길로 가고 싶었다. 아이가 있다면 어느 세대에선가 인류에 공헌할 인물이 나올지 모르고, 그때 연결 고리로서 내 존재 이유를 설명할 수 있지만 나는 뒤로 미룰 수 없었다. 고민은 깊었지만, 답은 없었다. 하루하루를 충실히 살려고 노력하고, 가끔 동생들이 행복해지는데 보탬이 되려는 몸짓 밖에는.

지금도 저 멀리 어디에선가,

이타심은 애타게 나를 바라본다.

마음의 온도

엄마의 우울증은 날로 심해지고 있다. 열흘에 한 번쯤이던 불화가 잦아지다 이제는 한 타임이 며칠씩 계속된다. 자신이 아프고 힘들다는 것에 공감해야 하고 살가운 표현과 스킨십을 끊임없이 원했다. 딸들의 세상은 엄마가 중심이 되어야 한다. 다른 집 딸은 엄마를 애지중지하는데 우리 딸들만 이상하다고 불평을 한다.

엄마의 다섯 딸은 한 아파트 단지에 세 집, 옆 동네 아파트에 한 집, 막내만이 조금 떨어진 수지에 살고 있다. 딸들은 엄마와 함께 매주 모여 식사를 하고 쇼핑을 같이 다녀 자주 만나는데, 불만의 이유를 알 수 없다. 이런 상황을 이해시키려 하지만 갈등만 커졌고 불평의 끝에는 동생들을 제대로 이끌지 못한다는 원망이 나에게 돌아왔다.

언제부턴가 집에 들어서면 엄마의 표정을 살피고, 노인정에서 있었던 하루의 일과를 듣고 맞장구를 치다가 뉴스를 브리핑한다. 딸의 기본 의무를 다하고 소파에서 조는 것이 일상이 되었다.

삼 일 전, 분위기가 좋은 듯싶어 동생들의 입장을 조근조근 얘기하고 이해를 구하는데 '나 하나 죽으면 끝이다'라는 말로 폭언이 시작되었다. 극단의 말이 나에겐 몰매가 되어 달려들었고, 오 년 이상 계속된 이 상황에 인내심은 바닥이 났다. 인생을 이렇게 소모할 수 없단 생각에 머리를 쥐어뜯고 싶었다. 끝내 엄마가 가장 두려워하는 '이제 혼자 사세요'라는 말을 끝으로 둘 사이에 무거운 침묵이 흘렀다.

각자의 방문이 닫히고 한나절이 지났다.

한바탕 광풍이 휩쓸고 지나가면 초주검이 된 초췌한 엄마와 온몸의 수분이 빠져나간 듯 버석하게 메마른 나의 얼굴만이 남는다.

9월 중순의 초가을 아침이다. 와인색 니트, 베이지색 패도라에 백팩을 메고 경쾌하게 현관문을 나선다. 가방에는 선글라스와 엄마의 양산까지 무장을 하고, 지난달 신청해둔 북촌마을 투어에 갔다. 평상시 출근복이 아닌 캐주얼 옷차림에 운동화, 전철도 타고.

나로서는 일탈이다. 하루지만 혼자 나선 건 처음이었고, 오랜 직장생활로 평일 시내를 활보한다는 건 남몰래 하는 사랑처럼 은밀하다. 마음은 하늘을 날고 전철 안의 사람들이 평일의 나들이를 부러워하며 쳐다보는 것 같아 입꼬리와 어깨는 자꾸 올라간다.

안국역에는 일정을 같이 할 사람들이 모였다. 서너 명씩이 한 일행인 듯, 어수선하고 분주했던 아침을 얘기하고 있다. 장년 특유의 핑크 사랑을 실천하듯, 핑크 점퍼와 까플린 모자를 쓰고, 챙 넓이만큼 호탕하고 거침없는 입담을 자랑하는 60대와 심플하지만 색감이 풍부한 옷차림의 40대가 모였다.

사과 빛의 예쁜 얼굴을 가진 가이드와 함께 경복궁과 창덕궁 사이의 전통 주거지역인 북촌 한옥마을을 둘러보았다. 기와들이 맞닿은 골목길에서 친구들과 놀다가 어스름 해가 질 무렵, '○○야! 저녁 먹어'하고 부르는 엄마의 목소리에 집으로 뛰어갔던 옛날을 떠올리면서 쨍한 가을볕과 서늘한 바람, 맑은 대낮을 맘껏 즐긴다. 거칠 것 없는 나만의 자유다.

투어를 마치고 돌아온 나는 업된 기분을 밑천 삼아 엄마와 목욕을 갔다.

온탕 안에 앉아 늙으신 엄마를 바라보니 애잔하다. 엄마가 이 가을을 몇 번이나 보실 수 있을까. 열 번이라도 아쉽고 조급하실 텐데.

그런 관점에서 보니 모든 게 허전하고 불안하셔서 곁에 있는 딸들의 관심을 부여잡고 싶으셨던 건 아닐까. 부정적인 말은 나를 좀 봐달라는 몸짓이고. 그런 감정들을 긍정적인 말과 칭찬으로 표현했다면 딸들은 한시라도 엄마 곁에서 살가울 텐데. 따뜻한 수온만큼 온몸의 세포가 말랑해진다. 내 마음의 온도가 20℃ 올라간다.

욕탕 전면 창을 통해 들어온 가을 햇살은 물에 반사되어 파도처럼 천장에서 일렁인다. 내 마음도 햇살에 일렁인다. 엄마와의 앙금이 씻겨 나간다.

이것이 사람의 마음인지, 모녀 사이라선지 다시 보듬을 마음이 인다.

이 정도면 오늘 하루만의 행복이라도 족하다.

엄마의 가을 하루도 흐뭇하다.

일요일 오후에

나른한 일요일, 점심을 먹고 방바닥에 배를 깔고 눕는다.

창호 문 너머 마루에는 한 주 동안 일어난 소소한 집안일을 이야기하는 엄마, 허허 웃는 아버지와 재잘대는 동생들의 목소리가 각각의 음색으로 조롱조롱하다.

나는 학교 도서관에서 빌려온 책을 편다.

안데르센 동화가 나를 간지럽히고, 이솝우화가 소곤소곤 말을 건네면 나는 과자와 초콜릿의 성으로 기어들어 이야기에 빠져든다. 동화 속의 그림과 줄거리에 이끌려 한마음으로 울고 웃는다. 글자가 점점 머리 밖으로 미끄러지고, 그림은 꿈속으로 빠져들어 간다. 책을 손에 쥐고 스르르 잠이 든다. 행복한 왕자를 만나 이웃의 이야기를 들려주고, 신데렐라를 구하려 온몸을 불사르다 잠이 깬다.

잠이 든 사이, 왼쪽 뺨을 따뜻하게 감싸주던 햇볕은 빛을 잃고 사그라져 창문 쪽으로 멀찍이 물러나 있다. 방에는 어둑어둑 그늘이 깔려 있고, 켜켜이 스펙트럼을 펼쳐내던 가족들도 사라져 세상이 고요하다.

내 달콤한 일요일은 어디로 갔나.

넉넉하고 살갑던 일요일을 빼앗긴 허전함과 상실감에 몸을 떨고, 밀린 숙제가 생각나 덜컥 겁이 난다. 일요일 오후 한 자락을 손에 틀어쥐고 다시 당겨오고 싶은 마음에 발버둥을 친다. 머리와 뱃속은 얼크러져 심사는 뒤틀리고 생떼는 커진다. 짜증은 크레센도가 되어 엄마를 향한다.

일요일 오후의 울렁증은 초등학교 입학 때부터 시작되어 평생을 지배했다. 월요일 등교 때문에, 출근과 한 주일의 업무 때문에. 특히 지방 근무로 월요일 새벽에 집을 나서야 하는 생활을 오래 하다 보니 일요일 오후가 되면 누가 건드리지 않아도 짜증이 스멀스멀 배어 나왔다.

소파에서 흐드러지게 낮잠을 자다 끈적이며 깨어난다. 갱년기에 들어서니 푸근한 밤잠은 옛일이고, 잠깐씩의 낮잠으로 대신한다. 널찍한 시간을 메우려 리넨 천에 수를 놓다 잠이 들었다. 내 몸에 눌린 수틀이 어깨에 수를 놓고, 실은 소파에서 떨어져 어지럽다. 가위에 눌리지 않은 것이 천만다행이지 중얼거리며 소파 팔걸이에 놓인 가위도 추스른다. 어릴 적, 일요일을 단단히 붙잡으려 했던 나는 그 시간을 촘촘히 메우려 한 땀 한 땀 수를 놓는다.

몇 년 후에는 모든 부담에서 벗어나 자유를 얻게 된다. 일요일 오후를 가볍고 흐뭇하게 즐길 수 있는 시간이 올 것이다. 그때는 설마 달콤했던 일요일의 자리에 한 주일의 막막함과 무료함이 들어서서 나를 먹먹하게 하지는 않겠지.

책방에 가서 커다란 세계지도를 하나 들여놓고, 영어 회화책의 먼지도 털어야지.

그리고 치매도 예방할 겸 고스톱을 배워서 팀을 하나 만들어 볼까.

잠들기 위해

선조들은 잠을 꽤 즐겼나 보다.

귀잠, 단잠, 속잠, 한잠, 헛잠, 개잠, 나비잠, 돌껏잠, 등걸잠, 말뚝잠, 풋잠...

잠자는 시간, 장소, 모양과 상태에 따라 상세히 분류하였고, 사전에서 찾은 잠의 종류만 해도 45개가 된다.

나도 잠을 사랑한다. 나는 잠의 포근함과 나른함을 좋아하고, 무엇보다 자유로운 상상이 시작되는 창조적 행위로 잠을 즐긴다. 눈을 감으면서 꾀잠으로 다른 사람들로부터 나를 분리시키고, 살며시 내 안으로 숨어들어 빗장을 건다.

포근한 나만의 방으로 조금씩 침잠하면서 내면에서부터 우주로 자유롭게 유영을 시작한다. 오늘 하루 마음이 편치 않았던 일과 못난 행동이 떠오르면 그 저변에 깔려있던 나만의 편견을 따져보기도 하고 해명하기도 하면서 위로받는다. 문득 어린 시절의 단상이 떠오르고, 되고 싶었던 나를 꿈꿔보기도 한다. 대기권 밖으로 나가 지구를 내려다보다 잠시 여행했던 곳을 들러보면서 추억에 젖고, 은하단을 따라 휩쓸리며 놀다가 나도 모르게 단잠에 빠진다. 잠은 어려서부터 나에게 무한한 자유와 행복을 가져다주었다.

잠은 3단계로 온다.

눈앞에 잠의 안개가 솜처럼 피어오르면 몸은 느른하게 잠에 젖고 의식은 한 단계 밑으로 툭 떨어져 의식과 무의식의 겉잠 상태가 된다. 여기서 의식이 한층 더 내려가면 완전하게 무의식 상태가 되어 깊은 잠에 빠지게 된다.

요즘 들어서 자리에 누우면 잠에 빠지는 첫 단계, 반의식 상태에서 시간이 걸리고 빨리 잠이 들어야 한다는 조급함이 머리를 들면, 의식은 다시 떠오르고 졸음은 멀리 달아난다.

감기와 더불어 삼 일째 불면 중이다.

낮에도 도통 잠을 자지 못한다. 지독한 감기로 머리가 아프고 마지막 척추에 통증이 있다. 붙잡고 쫓아가던 의식을 놓아버린다. 머리가 핑그르르 돈다. 몸은 열에 떠 잇몸마저 부어 있고, 의식은 시퍼렇게 날이 세워져 나를 파괴할 듯하다.

뒤척이며 바르게 자세를 잡아 통증을 줄이려다 문득 한 번도 마지막 척추를 편안히 내려놓지 못한다는 것을 깨달았다. 온몸을 이완시키지 못해 긴장한 척추와 함께 의식과 생활도 늘 경직되었다. 의식적으로 매트리스에 마지막 척추를 편안히 누이자 한숨이 난다. 세상이 두려워 늘 아웃사이더에서 안을 부러워하고, 내 속에 범접해 보지도, 내 안에 편안히 안주하지도 못하고 살아온 자신을, 척추를 누이며 깨닫게 되었다.

생활에서는 게으름이 날 지배했으나 한 번도 편히 누이지 못한 마지막 척추는 나에게 유연성과 편안함을 빼앗았다. 감수성이 예민해 상처받을까, 무서운 세상에 베일까 긴장하고 무장하다가 나는 빨간 악어처럼 단단해졌다.

마지막 척추를 누이며 이제는 나의 본질로 회귀할 수 있을 것 같다.

지금의 감기는 새롭게 태어나야 할 시점에 딱딱한 등딱지의 저항 아니면 깨어나는 고통일지도 모른다.

가닥가닥 흩어져 세상을 헤집으며 아우성치던, 끊어질 듯 위태로웠던 신경이 내 안의 중심에 자리를 잡는다. 만세 자세의 팔도 내려놓아 여덟 팔자를 만드니 의식이 내려오고 긴장한 척추가 다소곳이 편안하다.

물리 구조가 정신을 지배한다고 했던가.

화살표의 방향성이 바뀌자 솜처럼 가느다란 실 가닥으로 낱낱이 흩어져 사방을 헤매던 의식이 하나씩 차곡차곡 불러 모아져 누에고치처럼 포근한 왕의 과자, 용수염을 만든다.

　나는 잃었던 잠을 찾고, 비로소 단잠에 빠진다.

5

Turnover

나의 이야기는

이 세상에서 나만이 쓸 수 있다.

마음속에 풀어낼 것이 많았는지 호박넝쿨처럼 올라왔다.

내 인생, 가을의 Turnover를 한 것이다.

높은 산과 깊은 계곡이 있는 인생이었다면

극적인 Turnover의 순간으로 목청을 높이겠지만,

나는 내 방식대로 차곡차곡 살아온 셈이다.

낮은 목소리로 지니를 부른다.

"지니야, 베토벤의 운명 들려줘."

본문 중에서

수학과 인생

 아무도 풀지 못하는 문제다. 수식을 써가며 인수분해를 하고 미분방정식을 풀고 있다. 답은 확장된 처리를 위해서 용량을 두 배로 늘리거나 속도를 올리라는 결론이다. 꿈에서 깨어나 상식선인데 굳이 수식을 풀어야 했나 가만히 생각해 본다. 나이에 비례해서 점점 늘어나는 복잡한 일을 짐이라 여기지 말고 그릇을 키워 보듬고 가란 뜻인 거야. 나의 한계가 조금 확장되고, 품이 넉넉해졌을 거란 착각을 한다.

 '님이라는 글자에…'란 노래가 있다. 점 하나를 빼고 더하는 셈법으로 남녀의 애정사를 제대로 표현한다. 나도 수학으로 인생을 풀어보고 싶다.

 수학은 군더더기 없고 다른 길로 빠지거나 유혹당하지 않는 올곧은 사랑과 같다. 모르는 사람에게는 미로이지만, 길은 비교적 잘 닦여져 있다. 통로는 여러 갈래로 나뉘어 있어도 잘 유도되어 바른길로 인도한다.

더하기와 빼기는 정형화된 일상과 같다. 아침에 출근하여 지루한 회의를 하고, 업무 방향을 결정한다. 변함없이 반복되고 짜인 일상은 융통성이 없어 갑갑하다. 하지만 가끔 점 하나를 빼고 더하는 산수로 남에서 님이 되고, 다시 남이 되는 엄청난 일이 벌어진다.

곱하기와 나누기는 일상에서 벗어나는 휴가여행이다. 보고 싶었던 풍경을 보고, 맛있는 곳을 찾아다닐 수 있는 자유와 새로운 사람을 만날 기회를 준다. 우리의 일상에 작은 파동이 일고 상상력이 들어온다. 특히 해외여행은 색다른 환경과 이국적인 감성을 경험할 좋은 시간이다.

숫자 0이 나타나면 절대의 위치로 등극한다. 아무것도 없는 0이 뒷자리에 하나씩 늘어나거나 줄어들면서 돈의 단위가 10배씩 늘어나기도 하고 줄어들기도 한다.

0은 로미오와 줄리엣의 사랑과 같다. 세상의 어떤 것을 준다(덧셈) 해도, 어떤 장애로 갈라놓는다(뺄셈) 해도 그들의 사랑은 변하지 않는다. 0의 사랑은 무소불위의 힘을 갖는다. 세상의 모든 것(곱셈)이 결국 로미오로 수렴되고, 아무리 나누려고 해도 나눌 수 없는(불능) 절대적 사랑이다.

인수분해는 많은 인간관계에서 내가 좋아하는, 나와 닮았거나 취미가 같은 함수로 분해하여 그들과 공유할 수 있는 그룹을 만들어준다. 소중한 괄호는 소괄호, 대괄호와 상관없이 오롯한 관계 속의 가족과 집단이 된다. 그 속에서 온기를 느끼고 마음껏 행동해도 허용이 되는 아늑한 아지트다.

인생살이는 초보다 작은, 순간을 단위로 차곡차곡 쌓아가는 적분이다. 찰나의 순간이 모여 습관을 만들고, 자신의 인생을 만든다. 미분은 적분된 인생에서 중요하거나 표적이 되는 순간을 분리해 낸다. 살려낸 그 시간은 추억이 되기도 하고 일을 해결하기 위한 실마리가 된다. 우리는 날마다 타인의 말과 행동을 스캔한다. 하나의 방에 차곡차곡 적분하여 그 사람을 형상화하고 낱낱이 미분하여 들여다보고 분석한다.

「참을 수 없는 존재의 가벼움」에서 토마스와 테레사는 우연 속에서 만난다.

미분은 가벼운 우연이지만 의미 있는 한 시점의 값이다. 토마스는 테레사가 일하는 호텔 카페, 테이블 위에 책을 놓고 앉아 있었다. 호감이 가는 이 낯선 남자에게 테레사가 꼬냑을 가져다주려는 순간, 라디오에서 베토벤의 음악이 들렸다. 그는 6호실에 머물고 자신은 6시에 근무가 끝난다. 그는 어제 그녀가 앉았던 노란 벤치에 앉아 있다. 테레사는 그가 미래의 운명임을 알았다

적분은 '그래야만 하는가'라는 질문에 '그래야만 한다'라고 답하는 필연이다. 테레사는 우연의 부름에 운명을 바꿀 용기를 얻어 토마스를 찾아온다. 토마스는 상대방의 인생과 자유에 대한 독점권을 내세우지 않는, 감상이 배제된 연애만이 서로를 행복하게 한다고 생각하는 사람이다. 사랑을 배제한 존재의 가벼움을 중요시한다. 그러나 테레사에게는 무어라 형언할 수 없는 사랑을 느끼고, 그녀의 불행, 환희, 고통, 행복…, 그녀가 겪었을 모든 감정을 똑같이 느낀다. 존재의 무거움을 알게 된다.

그들은 러시아가 점령한 프라하를 떠나 스위스로 가지만, 테레사는 적응하지 못하고 프라하로 돌아온다. 그도 테레사를 쫓아 돌아오면서 병원에서 쫓겨나고 유리창 닦는 일을 하게 된다. 토마스는 존재의 가벼움에서 무거움으로, 테레사는 무거움에서 가벼움으로 서로 수렴하는 과정을 거친다.

영원한 회귀가 가장 무거운 짐, 적분이라면, 이를 배경으로 거느린 우리 삶은 찬란한 가벼움 속에서 미분으로 그 자태를 드러낸다.

우리의 삶 속에 우연은 수없이 쏟아지고 우연의 일치는 대개

무심결에 지나쳐버린다. 인생에서 아무리 거대하고 단단하게 쌓였던 적분도 어느 한 지점에서 미분 값 0을 만나면 결국은 0으로 수렴할 수밖에 없다. 처음엔 그것이 0인지 아무도 모른다.

더하기와 빼기, 곱하기와 나누기와 같은 사칙연산은 우리의 일상생활이고, 미적분은 정신세계의 영역이다. 수학에서 미적분이 어려운 것처럼, 인생살이에서도 너무나 어려운 미적분이다. 감정, 경험 그리고 삶의 누적이 이루어낸 복잡한 무늬 때문일까.

Turnover

　Turnover는 댐저수지의 물이 위, 아래가 서로 바뀌는 현상을 말한다. 댐저수지 물은 수온에 따라 표층수, 중층수와 심층수로 나뉜다. 겨울의 경우, 표층수는 대기 온도에 영향을 받아 수온이 낮고, 심층수는 연중 수온의 변화가 적어 표층보다 높고, 중층수는 수심에 따라 수온이 변하는 층이다. 이 세 개의 큰 층은 서로 혼합되지 않는 상태로 층이 나뉘어 있다.

　물은 온도가 4℃일 때 밀도가 높아 가장 무겁다. 봄철에 얼었던 물이 녹으면서 표층 수온이 4℃가 되면 물은 무거워져 밑으로 내려가고, 심층의 물은 4℃ 표층의 무게에 저절로 밀려나 표층으로 떠오른다. 이렇게 물의 위치가 서로 바뀌는 것을 Turnover, 전도(顚到)라 부른다.

물이 4℃가 되면 Turnover가 일어나 위, 아래가 뒤집히는 것처럼 사람마다 자신이 참을 수 없는 한계가 있다. 감정과 이성이 명확히 대립, 견제하여 잘 짜여 있던 감정이 가장 좋아하거나 싫어하는, 아니면 섹스어필하는 요인에 불이 켜지면 감성과 이성이 뒤엉켜 다른 사람이 되거나 인생이 바뀐다. 사람마다 터닝포인트 인자는 다르며 그 양상과 파도의 높이, 반응시간도 각기 다르다. 물론 결과물도. 평상시 성향이 느긋하거나 소심할수록 변화의 파고가 작을 것 같기도 하고 응축된 폭발력이 더 클 수도 있을 것 같지만 어떤 방향으로 갈지 예측이 어렵다. 이성을 뒤흔들고 감성을 마비시키는 그 요인에 따라서.

나에게 턴오버는 언제 일어났을까.

인간의 본성이 성악설인지, 성선설인지로 분분하지만, 나를 비추자면 성선설로 대입하고 싶은 것이 인지상정. 주변을 돌아보아도 악인보다 선인이 많으니까 이 사회가 유지되고 있지 않을까.

어쨌든 나의 저 심층에는 문학이, 표층에는 수학이 자리 잡고 있다. 중간에는 둘이 섞여서 때론 충돌하고 또 보완하기도 하며 살아간다.

책 읽는 것을 좋아했다. 학교 도서관에서 빌린 책을 안고 금의환향하듯 신이 나 집으로 돌아오고, 아버지를 졸라 여러 전집을 들이

기도 했다. 매년 신춘문예 당선자가 발표되면 당선자 나이가 나보다 많다는 사실에 안심했는데, 1983년에 김인숙의 소설 '상실의 계절'이 당선되었다. 스물하나, 나보다 어린 나이다. 그동안 무엇을 하고 살았나 자책하며 상실의 아픔을 느꼈다. 유예된 시간은 이미 없어졌고, 그 일을 계기로 신춘문예 읽기와 작별을 했다. 학교에서 내준 글짓기 숙제를 날짜에 맞추기도 힘겨워하는 사람이었지만, 마음 깊은 곳엔 문학이 자리 잡고 있었나 보다.

수학은 수업에 충실하면 따로 공부할 필요가 없어 게으른 나에게는 잘 맞는 과목이었다. 명확한 정답이 있어 문제를 풀었을 때 느끼는 희열도 남다르다.

나는 이과와 문과의 중간지대에 살고 있었다. 들쭉날쭉한 성향을 경우에 따라 다르게 대입해야 하는 어려움이 있었지만, 전공을 선택하는 것이 가장 힘들었다. 나의 결정 장애도 한 몫을 거들었다.

아버지는 관찰력이 좋은 분이었다. 약대를 지망했던 고등학교 2학년 딸의 소질을 알아보고 미술로 전공을 바꾸게 하고, 나에게는 화공과를 가라고 하셨다. 나는 사학과나 가정교육과를 생각했던 터라 의외였지만 선택의 어려움을 피할 좋은 기회라 못 이기는 척 따랐다. 나의 인생에 한 차례, 봄의 Turnover가 일어났다.

전공에 따라 취직을 하고, 직장인으로 한평생을 살았다. 이제 퇴직을 앞두고, 시간을 어떻게 활용해야 하나 고민이다. 예전에 하고 싶었던 취미를 들춰보고 음악, 미술, 운동 그리고 수공예를 배우는 곳에 들락거렸다. 눈은 높아져 있는데 내 능력과 솜씨는 별로다. 시간을 들인다고 좋아질까. 내 결과물에서 보이는 아마추어 느낌이 눈에 거슬린다. 프로의 작품을 사는 것이 더 효율적일 수 있다.

독서는 어떨까. 직장을 다니며 몸에 밴 습성 탓인지 목적 없는 책 읽기는 생산성이 없어 보이고 마음에 차지 않았다. 현대수필에서 수업을 듣고 글을 써 보았다. 보고서가 아니라 내 마음을 드러내는 글이 처음이라 쉽지 않았다. 다른 취미는 좋은 작품을 사는 것으로 대신 할 수 있는데, 나의 이야기는 이 세상에서 나만이 쓸 수 있다. 마음속에 풀어낼 것이 많았는지 호박 넝쿨처럼 올라왔다.

내 인생, 가을의 Turnover를 한 것이다.

높은 산과 깊은 계곡이 있는 인생이었다면 극적인 Turnover의 순간으로 목청을 높이겠지만, 나는 내 방식대로 차곡차곡 살아온 셈이다.

낮은 목소리로 지니를 부른다.

"지니야! 베토벤의 운명 들려줘."

슈뢰딩거의 고양이

닭과 달걀의 얘기를 해보자.

일부 물리학자는 세상만사가 물리의 구조에 속해 있으며, 그들은 철학을 밟고 학문의 최정점에 서 있다고 생각한다. 세상은 물리의 구조 속에서 돌아가고 있을까 아니면 그들이 우리의 삶으로부터 물리 구조를 끌어낸 것일까. 무슨 상관이란 말인가. 우리의 삶이 미분, 적분으로 표현되든, *슈뢰딩거의 고양이 아니면 아인슈타인의 주사위로 표현되든. 오늘도 우리는 눈을 뜨고 또 하루를 살아간다.

카페에는 여러 아우성이 겹쳐 있다. 오랫동안 젊음을 유지하기 위해 보톡스를 맞아야 할지 인공지방을 넣는 게 나은지. 여기 사는 것보다 강남에 사는 것이 좋은지, 어느 회사의 아파트가 더 나은지. 리포트를 쓰던 대학생이 콤팩트를 꺼내 펌프로 살짝 누르고 공부를 계속할 것인지 화장을 덧바를지 눈을 깜빡이고 있다. 유창한 영어, 논술을 가르치는 선생님, 아기의 외마디 소리…

내 안의 고통이 덧칠해서 근육을 만들고 이제 그 근육은 가슴통을 편안히 거쳐 좁은 목을 통과하려고 몸집을 줄인다. 크기가 준 만큼 탄성은 비례하여 용수철처럼 뛰어 오르려는 순간이다. 거센 압력에 얼굴의 세포와 근육이 들어올려지고 찌그러져 뭉크로 변한다. 외마디 절규가 동네를 거쳐 지구 끝까지 터져 나갈 거 같아 얼른 카페를 나왔다. 절규한들 뭐가 달라질 수 있을까. 찬바람을 맞으며 고통을 안으로 다시 구겨 넣는다.

아파트 건물 밑에 있던 고양이가 길거리에 어깨를 내리고 서 있는 나를 쳐다본다. 어쩌라구. 네가 나 대신 슈뢰딩거의 상자 안에 들어가고 싶어. 짜증 섞인 시선으로 쳐다보는 나를 무시하듯 고양이는 시선을 돌린다. 그래, 네가 왼쪽 꽃밭으로 가서 캣맘이 놓고 간 먹이를 먹든, 오른쪽 뒷길로 돌아가 쥐를 쫓든. 슈뢰딩거가 사고실험에 쓰기 위해 너를 붙잡아 독이 든 상자에 집어넣든, 어차피 세상은 계속 돌아가거든.

오늘은 어떤 실험을 위해 내가 슈뢰딩거의 통 속에 집어넣어질까. 엄마는 관찰자가 되겠지. 가족을 위해 열심히 살아온 엄마는 노환으로 몸과 정신이 아프다. 나를 바라보며 끊임없이 고통을 호소한다. 말로 표현하면 아픔이 반감되는지 의문을 갖지만 늙고 병들었다는 것밖에 엄마의 잘못은 없다.

도돌이표 사고실험으로 나는 지치고 병들었다. 더해서 늙어가기도 한다. 나는 이러지도 저러지도 못하는 이중의 위험에 처해 있다. 끈끈한 연민, 혈연의 가슴 아린 연민과 의무에서 벗어나 자유롭고 싶은 욕망과 싸우고 있다.

이제 노모를 위해 집으로 돌아가 다시 실험 대상자가 되어야 한다. 선택지가 없는 막다른 골목길에 나는 서 있다.

하이젠베르그의 불확정성을, 관찰자가 마음을 보내 방향을 정할 것인가. 아니면 슈뢰딩거의 고양이처럼 확률에 갇혀 우연에 따를 것인가.

엄마는 또 다른 상자에 갇혀 있다. 허리의 통증과 몸이 굳어가는 아픔이 점점 커지고 있다. 이번에는 절대자가 관찰자가 되어 엄마를 바라본다.

두 사람. 어느 쪽으로 마음을 보내지 못하고 각기 다른 상자 속에 갇혀버렸다.

---

* 슈뢰딩거의 고양이는 양자역학의 불완전함을 증명해 보이려고 슈뢰딩거가 제안한
  사고실험이다. 고양이가 상자 속에 갇혀 있다. 이 상자에는 방사성 핵이 들어있

는 기계와 독가스가 들어있는 통이 연결되어 있다. 실험을 시작할 때 한 시간 안에 핵이 붕괴할 확률을 50%가 되도록 조정한다. 만약 핵이 붕괴하면 독가스가 방출되어 고양이가 죽는다. 슈뢰딩거는 이 상황에서 파동함수의 표현이 고양이가 살아있는 상태와 죽은 상태의 결합으로 나타난다는 것을 비판한다. 죽었으며 동시에 살아있는 고양이는 실제로 존재하지 않는다는 사실에서 양자역학이 불완전하며 현실적이지 않다고 생각한다. 고양이는 반드시 살아있거나 죽은 상태이어야 하므로 양성자 역시 붕괴되었거나 붕괴하지 않았거나 둘 중 하나라는 것이다.

원운동에 갇힌 사람들

어떤 물체가 한 점을 중심으로 일정한 속력으로 회전하는 것을 원운동이라 한다. 원운동은 중심으로 끌어당기는 구심력과 원의 중심에서 멀어지려는 원심력에 의해 일어난다.

태양계가 탄생한 이래 수십억 년 동안, 지구는 태양을 중심으로 돌고, 달은 지구의 중력을 동력으로 원운동을 하고 있다. 소립자와 우리의 혈류도 끊임없이 원운동을 하고 있다.

하루를 시작한다. 만나는 대상에 따라 알맞은 거리와 속도를 예상하며 원운동을 한다. 필요한 원심력과 구심력의 균형을 맞추고 에티켓에 따라 영점을 조정하고 다시 거리와 속도를 조절한다. 퇴근 시간이 다가오자 피로가 몰려든다. 승진을 위해 일을 더 해야 할까 아니면 동기들과 술 한잔하며 스트레스를 풀까. 구심력과 원심력이 팽팽히 맞서지만, 내일을 위해 남은 구심력을 거둬들이고 원심력을 다독이며 집으로 돌아온다. 내일도, 모레도 계속 돌아갈 것이다.

사랑에서도 원운동이 작용한다. 사랑은 밀물처럼 밀려들어 사람의 이성을 마비시키고 모든 것을 잠식한다. 중심을 향한 구심력의 강력한 작용이다. 이 작용에 페르몬이 일정 부분 촉매 역할을 하겠지만.

그러나 사랑은 구심력이 원심력보다 크거나 같을 때까지 유지된다. 조건이 변하는 순간, 사랑은 순식간에 썰물이 되어 빠져버린다. 변심이 아니라 사랑의 원심력이 작용한 탓이다. 사랑은 원심과 구심운동에 따라 착실히 움직일 뿐, 누구의 잘못이 아니다.

밀물과 썰물의 진폭이 크고 짧은 호흡에서는 영화 '비포 선라이즈'나 '세렌디피티'와 같은 열정적인 사랑이, 긴 호흡으로 진행되면 파고의 공간에 정이 들어서서 진국의 사랑이 자리 잡는다.

한 사람에게 끌리는데 걸리는 시간은 얼마나 될까. 영화 '비포 선 라이즈'와 '세렌디피티'에서 우연히 만난 두 사람은 짧지만 강력한 감정의 여운이 그들의 삶을 점령한다. 그 아쉬움으로 영화는 '비포 미드나잇'과 '비포 선셋'까지 거치면서 사랑의 여정을 담는다. 영화 '에프터 선셋'이 제작되면 진국의 사랑을 확인할 수 있을까. 사랑하는 사람이 모든 것을 다 주는 것 같지만, 모든 것을 다 받는다는 전제와 기대하에 주는 가장 이해타산적인 관계인 것처럼 사랑은 원운동에 지배를 받는다.

사람은 자신의 습관대로 행동하고, 성향에 따라 결정하면서 살아간다.

한 남자가 있다. 그는 차곡차곡 저축하기보다는 한 번에 모든 것을 얻기를 바란다. 그는 십 년 전쯤, 새로운 벤처 회사에 주식 투자를 했다가 실패한 경험이 있다. 그럼에도 요즘 다시 주식 투자를 하는 모양이다. 주변에서 만류하지만 여러 가지 분석을 내놓으며 이번에는 성공할 거라 확신하고 같은 패턴의 투자를 했다. 결국, 다시 어려움을 겪게 되었다. 자신의 성향에 따라 같은 길을 가는 것이다.

나쁜 남자에게 끌리는 여자가 있다. 자신을 좋아하는 사람에게는 관심이 없다. 존중하고 배려할 줄 모르는 남자에게 매번 끌려서 힘든 이별을 하곤 한다. 그녀의 성향에 따라 선택을 하고 고민과 갈등을 겪는다. 남의 탓이 아니라 스스로 쳇바퀴를 만들어 원운동을 하고 있다. 그렇게 인생의 방향을 정하고 운명을 만든다.

페터 한트케는 「어느 작가의 오후」에서, '정원의 부드러운 흙길에서 자신의 발자취를 따라 걸었다. 매일 몇 시간 동안 거니는 바람에 발사국이 생겼다. 문득 한 영화 장면이 떠올랐다. 주인공이 어떤 건물 앞에서 모자를 쓰고 누군가를 기다리며 왔다 갔다 한다. 오랜 시간이 지나자 길은 그 사람의 발자국으로 깊은 도랑이 되었고, 남자의 모습은 도랑에 가려 보이지 않은 채, 모자의 움직임만 보여주는 장면이다'라고 했다.

그 남자는 누군가를 만나야만 했던 것일까, 습관적으로 고도를 기다렸던 것일까.

사람들은 자기보다 먼저 간 사람의 발자국을 따라가거나 자신의 관성대로 길을 걷고 또 걷는다. 우리의 원운동도 깊은 도랑과 모자만 남길 것인가.

증발

가끔 현실에서 멀어지고 싶을 때가 있다.

마음을 들끓게 하는 것, 가족과 나를 아는 모두에게서 벗어나고 싶다. 살갑던 그들이 나를 옥죄고 얽어매듯 갑갑하다. 헐크가 되어 우두둑 끊어내고, 순간이동으로 모르는 곳에 발을 내리고 싶다.

카톡이 소리쳐도 댓글 쓸 의욕이 없다. 핸드폰의 계좌에 들어가 자동이체하는 일도 귀찮다. 관리비, 세금 다 접어두고, 결정해야 할 일은 모르쇠. 머릿속에 안개를 잔뜩 피우고 물속으로 숨어 들어가 멍청히 지낸다. 숨을 멈출 수 있을 때까지 잠수를 탄다.

잠적을 계획한다.

잠수는 생각을 끊는 것으로 가능하지만, 잠적은 몸을 숨겨야한다. 마음으론 오피스텔을 빌려서 장기간 버티고 싶다. 집을 나선다. 어디든 사라질 거야. 마땅한 곳이 없으니 세차하면서 생각해 볼까. 자동세차기에 들어간다. 물이 끼얹어지고, 세제가 뿌려진다. 큰 솔이 돌아가면서 먼지를 벗기고 긴 헝겊으로 물기를 닦아낸다. 세차 부스에 초록 불이 들어온다. 나는 중립 기어를 드라이브로 바꾸고 세차장을 빠져나와 집으로 향한다.

오늘은 지난번 짧게 끝난 잠적의 치욕을 겪지 않으려고 며칠 분량의 옷을 준비했다. 운전하면서 마음속의 분노가 삭이지 않도록 화가 났던 상황을 자꾸 머릿속으로 끌어올린다.

아침 출근길이다. 엄마가 분리수거물을 나에게 들려준다. 하나씩 분리하다 보니 내가 아끼는 앤티크 향수병의 황동 세공품이 찌그러져 나온다. 무슨 일이지 놀라면서 가방에 넣었다. 내가 향수병을 모으는 이유는 병을 감싸는 세공품과 함께 향수를 뿜는 분무기 때문이다. 분무기는 여인의 긴 드레스 옷자락처럼 아슬한 타슬을 입고 있다. 파티장을 빠져나가는 여인의 뒷모습을 상상하며 펌핑도 해보고 어울리게 위치를 바꿔주며 들여다보면 마음이 평온해진다. 요즘 살펴보지 못했다.

퇴근 후 서둘러서 집에 오니 엄마는 노인정에서 오지 않았다.

얼른 향수병을 모아놓은 화장대를 살펴본다. 화장대 위의 향수병들은 분무기가 몽땅 다 뜯겨나간 채 꽁지 빠진 닭이 되어 앉아 있다. 감정을 추스르고 엄마를 대할 자신이 없다. A4 용지에 커다랗게 '향수병에 달려 있던 거 다 어쨌어'라고 써서 던져놓고 집을 나와버렸다. 며칠간 친구네서 지낼 생각이다.

친구 집 2층 방에 누웠다. 모레 차례를 지내야 하니 내일쯤 시장을 봐야 할 텐데. 나를 찾지 말라고 했으니 누군가 하겠지. 아무도 안 하면 어떡하지. 저녁에 기다릴 엄마에게는 알렸을까. 내가 화가 난 것은 엄마 때문이지만, 혹시 기다리다 밤을 새우면 어떡하지. 충격이 심할 텐데. 꺼놓았던 핸드폰을 켠다. 화가 나 집을 나왔는데, 카톡이 조용하다. '그래? 이번엔 내가 이길 거야' 핸드폰을 다시 끈다.

밤새도록 핸드폰을 들여다보며 뒤척인다. 다음 날, 일찍 짐을 챙겨서 동생들이 시장을 보기 전에 서둘러 집으로 돌아왔다.

차례가 끝나고 설거지를 하고 있다. 엄마는 '향수병 분무기를 다 떼버리니 훨씬 깔끔하잖아'로 끝을 냈지만, 내 속은 불만으로 뒤엉켜있다.

증발은 어떨까.

세계 대전 중의 일화가 생각났다. 어떤 섬에서 일본군과 미군이 대치 중이었다. 일본군은 섬의 중심부에 미군 부대가 있다는 것을 알고 사방에서 점점 포위망을 좁혀 들어갔다. 그런데 포위망 안에 들어있어야 할 미군이 사라졌다. 증발한 것이다. 영문을 몰라 어리둥절하고 있는 일본군에게 비행기에서 포탄이 떨어졌다.

평면의 이차원만을 생각한 일본군과 공간까지 고려해 삼차원을 구상한 미군의 전투였다. 낮은 차원에서는 더 높은 차원의 다른 세계를 알지 못한다. 발각되지 않는다.

증발은 물이라는 액체가 열에 의해 수증기인 기체로 차원을 달리 하는 것. 자동차나 배가 아닌 비행기를 타면 차원이 달라지겠지.

어디가 좋을까. 아무도 생각하지 못할 곳. 아마 눈속임도 좀 필요할 거야. 그래, 로마로 가는 편도 비행기 표를 사야지. 로마에서 며칠 지내면 이탈리아가 나의 종착점인 줄 알겠지. 그러면 나는 다시 비행기를 타고 몰타로 가는 거야. 거기서 어학연수를 하면서 사람들을 만나고 상황을 봐야지. 생각은 자유롭게, 생활은 더욱 자유롭게. 옛 수도 임디나에 가서 시간이 멈춰버린 골목을 걷다가 성곽에 앉아 와인을 마시면서 석양을 봐야지.

수영을 배워서 뜨거운 태양에 몸을 잔뜩 그을릴 거야. 그러면 나는 동남아시아의 낯선 여자가 되어 뜨겁게 살 수 있겠지.

하위의 반란
-먹이사슬 최하위 조류의 경보-

나는 먹이사슬의 가장 하위에 있는 식물성 플랑크톤이다. 사람들이 싫어하는 남조류로 마이크로시스티스가 내 이름이다. 먹이사슬의 최상위의 사람들은 우리를 조류라고 불러, 간혹 날아다니는 새로 오해를 받기도 한다. 나는 햇볕으로 광합성을 해 세포를 만들고 질소와 인을 먹으면서 자란다. 우리가 가장 살기 좋은 환경은 따뜻한 수온과 햇빛, 물속에 영양물질이 풍부한 상태다. 이 조건이 되면 우리는 금방 개체 수를 늘리고 여러 이웃을 만든다.

우리는 현미경으로나 볼 수 있는 작은 크기이지만 마을을 형성하면 사람들의 눈에는 남색의 물이끼가 띠처럼 넓게 퍼져 있는 것처럼 보인다. 우리는 물속에 깊이 숨어서 우리를 먹이로 살아가는 동물성 플랑크톤이나 물고기의 눈에 띄지 않고 오래 오래 살고 싶다. 그러나 햇빛을 이용해 광합성을 해야 하므로 햇빛이 들어오는 얕은 수심에 떠서 살거나 물의 움직임이 적고 수심이 얕은 곳에 몰려서 마을을 이루고 살아간다.

인간은 한 지역에 자신들의 수가 많고 적음을 인구밀도라고 말하니 우리는 조류밀도라 하자. 우리가 자연환경을 맘껏 향유 하면서 조류밀도를 늘리면 여러 가지 현상이 나타난다. 처음엔 광합성을 해서 산소를 만들어 주고, 먹이가 되어주니까 동물성 플랑크톤과 어류들이 신나게 몸집을 키우고 수를 늘린다. 여기 저기 낚시꾼들의 즐거운 웃음소리가 들린다.

우리 가족들은 어디로 숨을 수도, 도망갈 수도 없다. 마을이 더 커져 힘을 쓸 수 있을 때까지 우리는 최하위의 슬픔을 운명으로 여 기며 가끔 눈물로 이별을 한다. 먹이사슬은 이렇게 먹고 먹히면서, 서로의 수를 제한해 가며 공존하는 것이 순리의 세계다.

먹이사슬의 최상위 인간은 요즘 풍요의 정점에 와 있다.

먹을 것은 쌓여서 쓰레기로 버려지고, 작황을 위해 영양소가 듬뿍 들어있는 비료를 경작지에 뿌린다. 이런 물질들은 여러 경 로를 통해 내가 사는 하천으로 흘러와 영양이 과다한 상태가 되 고 이를 부영양화(富營養化)라고 한다. 사람들의 영양이 과다해

비만이 되면 건강을 위하여 다이어트와 운동을 한다. 우리도 먹을 것이 넘쳐나면서 예전의 건강했던 몸은 사라지고 식구 수는 계속 늘어난다. 먹이사슬 그림의 삼각형 구도가 깨진다.

점점 수온이 높아지는 여름이 되면, 살기 좋은 환경과 영양이 많은 물속에서 조류밀도가 기하급수적으로 늘어난다. 이를 조류의 대발생이라 하며 수화(water bloom)라고 부른다. 우리는 이때 굳은 마음으로 항전을 준비하고 하위의 반란을 일으킨다.

물고기는 맘껏 포식해 배가 부르다. 기억력이 짧은 탓인지 몇 분 후 또 우리를 노린다. 우리는 서로를 꼭 잡고 떠를 형성해 그들이 우리를 먹을 수 없도록 저항한다. 마지막 힘을 쓰다 어린 조류의 손이 풀리고 외마디 소리를 지른다. 우리의 옆 마을이 끊어지면서 순식간에 물고기 입속으로 빨려 들어간다. 휩쓸려 들어온 먹이가 아가미를 막아 물고기는 숨을 쉬지 못하고 죽는다. 과욕이 화를 불러서 여러 마리의 물고기가 물 위로 둥둥 떠 오른다. 물고기가 떼죽음을 당한 것이다. 우리의 희생은 수천 배가 넘는다.

우리는 대사작용으로 MIB와 geosmin이라는 흙과 곰팡이냄새 물질을 만든다. 또 미세하게 적은 양이지만 마이크로시스틴이란 독성물질을 품고 산다. 벌이 생명이 위험할 때 마지막 공격수단으로 침을 쏘고 죽는 것처럼, 우리도 몸이 파괴될 때 이

물질을 몸 밖으로 내보낸다. 인간은 우리로 인해 물에서 냄새가 심하게 나고 독성물질이 나올지 모른다고 걱정이다. 매일 우리의 밀도를 조사하면서 수가 줄어들길 고대한다.

하지만 이것은 최하위의 조류가 최상위의 인간을 향해 보이는 슬픈 몸짓이다.

인간들이 몰려온다. 물고기가 더 많이 죽은 것처럼 보이도록 사진을 찍고 신문에 크게 보도한다. 환경부에서는 조류경보를 발령한다. 정수장에서는 수돗물에서 냄새를 없애느라 고도처리를 하면서 아우성이다.

원시지구 환경에서 생물을 출현하게 만든 존재는 누구인가.

무성생식을 하면서 광합성를 통해 산소를 방출시켜 지구에 산소를 공급하고 유기체들을 출현시킨 것은 누구인가. 우리로 인해 지금의 생명 역사가 이어오고 인간을 탄생시킨 것이다.

우리를 새롭게 평가하라. 그리고 우리가 문제를 일으킬 수밖에 없는 환경을 만든 인간에게 책임을 묻는다.

나, 우주의 평화를 염원하는 마이크로시스티스는 외친다.

나는 기꺼이 먹이사슬의 최하위의 역할을 성실히 수행하면서, 모두가 건강하게 공존하기를 희망한다.

인간들이여! 오염물질을 그만 버리길.

그것만이 당신들이 살 수 있는 길!

워터소믈리에

전문적으로 물의 맛과 품질을 평가하는 워터소믈리에가 필요
하였다.

나는 워터소믈리에를 양성하는 것은 물 전문기관인 K-
water(한국수자원공사)가 맡아야 한다고 생각했다. 2011년 K-
water의 수질연구센터에서 물의 맛과 품질을 전문적으로 평가
하고 판별하는 '워터소믈리에' 제도를 최초로 도입하였다.

'워터소믈리에'를 아시나요?

'소믈리에' 하면 와인소믈리에를 떠올린다.

소믈리에의 역사가 와인에서 시작되었기 때문이다. 소믈리에
는 소를 이용하여 식음료를 나르는 사람, 즉 동물에게 짐을 지

우는 사람을 뜻하는 프로방스어 'Sommelier'에서 나왔다. 이 단어는 점차 전문용어가 되어 프랑스 왕실의 짐을 운반하는 직책이 되었고, 세탁, 식품저장, 지하 저장고를 관리하는 사람을 뜻한다.

와인소믈리에는 1967년 프랑스에서 포도 생산자와 양조지를 위해 국가 차원에서 소믈리에라는 직업을 만들었고, 프랑스 파리의 한 음식점에 와인을 전문으로 담당하는 사람이 생기면서 지금의 형태로 발전하였다.

워터소믈리에는 물맛을 감별하는 사람을 말한다. 물의 종류와 특성을 전문적으로 파악하여 상황에 맞는 물을 추천해주는 사람을 말하며, 워터 매니저, 워터 어드바이저 등으로도 불린다.

물은 모든 생물이 생명을 유지하기 위한 필수요소이지만 주변 어디에서나 찾을 수 있어 그 귀중함을 잊게 된다. 우리나라는 1960년대 이후 상수도가 보급되기 시작했고, 우리의 수명도 길어졌다. 1980년대까지는 수돗물을 받을 수 있느냐가 관심사였고, 수질도 다행히 좋은 편이었다.

그러나 인구밀도가 높아지고 산업화가 진행되면서 수돗물의 수원인 하천과 댐이 오염되고, 그에 따라 식물성 플랑크톤이 다량 증식되어 1980년대 말부터 수돗물에서 냄새가 나기 시작했다. 나는 외국 논문에서 식물성 플랑크톤의 대사물질인 MIB와 geosmin이 냄새의 원인물질이라는 것을 찾아 소개하고, 이 물질의 분석법을 정립했다. 좋은 수돗물을 생산하기 위해서는 물에서 나는 냄새의 종류를 확인하고 원인을 찾아야 수처리 방법을 결정할 수 있다.

소득 수준이 높아진 국민은 건강과 삶의 질에 대한 욕구가 커져 물은 단순한 수분보충 이외에 건강까지 생각하게 되었다. 해양심층수, 빙하수, 화산 암반수, 탄산수, 광천수 등 수없이 많은 먹는 샘물이 출시되고, 다양한 기능의 생수들이 쏟아져 현재 음료 시장의 매출 1위를 차지하고 있다.

어떤 물을 마시는 것이 건강에 좋을까요. 정수기를 사용하는 게 좋은지, 좋다면 어느 것이 나은지. 먹는 샘물 중 어느 물을 추천하나요. 질문이 쏟아져 나온다. 이 질문에 답해 줄 전문가가 필요하다. '건강한 물, 맛있는 물'이 우리의 화두가 된 이 시기에 전문적으로 물맛과 품질을 평가하는 워터소믈리에가 필요하였다.

2011년 K-water의 수질연구센터에서 물의 맛과 품질을 전문적으로 평가하고 판별하는 '워터소믈리에' 제도를 도입하였다. 물 개론, 물과 건강, 맛있는 물의 특성 및 테이스팅 실습으로 진행되는 교육 프로그램을 만들고 자격 검증기관으로 등록

해 운영하고 있다.

워터소믈리에 시험 응시 자격은 한국수자원공사에서 시행한 교육과정을 이수하였거나 다른 기관에서 관련 과목을 이수한 사람, 관련학과 졸업 후 1년 이상 실무에 종사한 사람이다. 검정기준은 필기와 실기시험으로 나뉘어 각각 60점 이상을 취득한 사람에게 자격을 준다. 필기시험은 물 개론, 물과 건강, 맛있는 물의 특성 및 워터 테이스팅 기법 등이며 실기시험은 맛냄새 평가, 블라인드 테스트 및 구술로 나뉘어 있다.

테이스팅은 소비자를 대신해서, 가장 건강하고 맛있는 조건을 유지하는 좋은 물을 찾는 것이 목적이다. 미네랄이 적당히 용존되어 균형감이 있고, 경도가 낮아야 하며 산소와 이산화탄소가 충분히 용해되어 있으면 물 맛이 좋다. 테이스팅은 양치 후 30분 이내에 하며, 담배를 피우거나 커피를 마신 후에 해서는 안 되며, 로션이나 향수를 사용해서도 안 된다, 테이스팅 시간은 물을 시각과 미각 그리고 후각으로 검사하고 분석하여 느낀 점을 언어로 표현하고 판단할 수 있는 오전 11시경 또는 오후 5시경이 적합하다.

자격 검정은 2011년 이후 매년에 한 번씩 실시되고 있으며 지금까지 총 132명의 워터소믈리에를 배출했다.

워터소믈리에는 보통 와인소믈리에와 병행하고 있거나 식음

료업계에 주로 종사하고 있다. 가끔 언론 등을 통해 물 전문가로 활동하며, TV 광고에 모습을 비추기도 한다. 그리고 유명한 레스토랑, 워터 바, 카페 등에서 건강과 취향에 맞는 물을 찾아주는 전문 안내자로 채용하고 있다.

워터소믈리에! 이제 새로운 취미와 직업으로 각광 받을 것이다.

워터소믈리에는 어떤 물을 추천할까

수돗물이다. 왜냐하면, 유명 수입 먹는 샘물, 국내 취수판매 먹는 샘물, 수돗물을 놓고 이루어진 수차례의 블라인드 테이스팅으로 수돗물이 맛있고 좋은 물인지 알게 되었기 때문이다. 목넘김이 좋다, 자극적인 맛을 좋아하지 않는 고객에게 권해드리고 싶다고 물맛을 평가한 한 워터소믈리에는 그 물이 수돗물임을 알고 나서 물맛을 바르게 평가하기 위해서는 선입견을 없애는 일이 중요하다는 사실을 알았다고 말했다.

수돗물이 맛없다고 평가한 이유는 염소 냄새 때문일 것이다. 그래서 많은 사람이 정수기를 설치하거나 먹는 샘물을 사서 마신다. 시민단체와 환경부의 정수기 물의 수질 조사 결과에 따르면 절반에 가까운 약 49%가 세균 항목에서 수질 기준을 초과한 것으로 나타났다. 전문가들은 정수기 물이 필터로 잔류염소를

제거하기 때문에 일반 세균으로부터 안전하지 못하다고 설명한
다. 결국, 수돗물에 들어있는 염소가 먹는 물의 안전성을 보장
하는 가장 기본적인 보호막인 셈이다.

수돗물에는 몸에 좋은 미네랄이 많이 들어있다. 국내 먹는 샘
물과도 아무런 차이가 없다. 반면, 정수기 물의 경우 대부분의
정수기 업체가 사용하는 역삼투압 방식이 미네랄을 모두 걸러
내 미네랄 함량이 제로에 가깝다.

워터소믈리에는 말한다

수돗물을 냉장고에 보관했다가 10℃ 정도에 맞추어 마시면
외국의 유명 빙하수 못지않게 맛있다. 한여름 더위를 시원하게
식혀 줄 가장 맛있고 건강에 좋은 물. 그 물은 바로 우리 곁에
있다.

페미니즘은
휴머니즘이다

가정에서의 양성평등은 궤도에 오른 듯하다.

그러나

사회와 직장에서는 상황이 달라진다.

내 가족이 아닌 타인의 아내와 딸들에게는

옛날 관습대로 불평등한 역할을 기대한다.

이제 사회에서도

페미니즘이란 단어는 휴머니즘을 의미한다는 것을 인정하고,

문화 속에 깊이 뿌리내려

옛말 사전에서나 찾아볼 수 있는

구어가 되어야 한다.

−본문 중에서

나만의 방

집에 대한 나의 집착은 어렸을 때부터 시작되었다.

방학이 되면 들뜬 마음으로 외할머니네 갈 날을 기다렸다. 막상 할머니 댁에 가는 날에는, 집을 나서면서부터 다시 돌아오지 못할 사람처럼 골목길 모퉁이를 눈으로 붙잡고, 멀어져가는 집의 방향으로 손을 뻗는다. 안절부절 돌아설까 망설이다 익숙한 길이 사라지고 낯선 풍경이 보이기 시작하면 벌써 마음이 아렸다.

집에 일찍 돌아오는 시험 기간에는 시험을 잘 보았는지와 상관없이 신이 나 집으로 달려오곤 했다. 집이 도망갈세라 얼른 들어와 지그시 내 몸무게로 눌러 앉힌다. 요즘에는 다른 나라를 여행할 때마다 인테리어 잡지를 하나씩 사 온다. 잡지를 보면서 그들의 생활과 문화를 상상해 보곤 한다.

우리의 획일화된 아파트의 구조에서 내가 좋아하는, 나의 개성을 입힌 나만의 집을 꿈꾸기는 어렵다. 집을 지을 용기가 없기에. 나는 방 하나만이라도 나의 꿈을 그려본다.

나는 커다란 창이 있는 카페 같은 방을 갖고 싶다. 창에는 흰색 리넨 커튼을 걸어 바람에 살랑이게 하고, 햇빛이 뛰어들어 명암이 어우러진 경쾌한 춤을 추게 하고 싶다. 책을 보고, 취미 생활에 필요한 도구를 펼쳐놓을 수 있는 넉넉한 방이다. 책방은 내 방과 분리되어야 한다. 책이 서로 앞을 다퉈 말을 걸면 혼란에 빠질 수 있기 때문이다. 데이베드에 비스듬히 누워 책을 읽다가 주인공과 대화도 하고. 친구를 초대해 간단한 식사나 티타임을 가질 수 있는 커다란 테이블이 필요하다. '음악 틀어줘' 하면 음악을 켜주는 '지니'가 있었으면 더욱 좋겠다.

햇빛이 가득 드는 방에서 프렌치 문을 열고 나가면, 아파트 베란다보다 조금 큰 테라스를 꿈꾼다. 테라스에는 몇 그루의 꽃과 허브 그리고 상추를 심은 화분을 놓는다. 내가 키운 허브를 얹은 파스타를 먹으며 사는 일에 대하여 수다를 떨면서 하루쯤 즐기고 싶다.

테라스 의자에 앉아 햇빛에 얼굴을 맡기고 낮잠을 잔다. 오후가 되면 향이 좋은 차를 우려내고, 타샤 튜더처럼 꽃을 바라보면서 따뜻한 차를 마신다. 저녁, 붉은 석양에 지나간 나의 시절을 돌아보고, 밤의 어스름에 마음을 진정시키고 조용히 글을 쓴다. 밤에는 보이지 않는 별들의 위치를 어림해 보고 내가 살아갈 날을 그려본다. 일상의 행복이 가장 빛날 날들을 준비하는 나의 방에서.

집은 하나의 정물, 사람의 움직임이 더해져야 비로소 생명을 얻고 따뜻한 온기를 드러낸다.

버지니아 울프는 여성이 독립적인 삶을 살기 위하여 자기만의 방이 필요하며, 위인의 전기에서 배우는 것보다 그들의 집에서 더 많은 이야기를 들을 수 있다고 했다. 캐나다 노벨문학상 수상자인 엘리스 먼로는 작업실을 갖고 싶었다. 우선 자신에게 질문한다. 작가이기 때문에, 내가 작가가 맞나. 아니면 글을 쓰기 위해. 방이 몇 개 남아 있는 큰 집인데, 밖에 작업실이 필요할까. 여자에게 집은 장소가 아니라 가족과 같다. 집안에서는 모든 것이 여자의 손을 거쳐야 하고, 가족을 보살펴야 하므로 글쓰기에 적합하지 않다고 남편을 설득한다. 마침내 저렴한 작업실을 얻지만, 여성을 바라보는 주변의 벽을 넘지 못하고 작업실에서 철수한다.

나에게 방은 어떤 의미일까.

긴장을 풀고 느슨해져 자연스럽게 안으로 시선을 거두는, 내 목소리를 내고 자유롭게 유영할 수 있는 틈을 주는 공간이다. 이 아늑한 공간에서 아무것도 안 할 수도, 내가 하고 싶은 것을 마음대로 할 수 있는 장소다.

자기만의 방을 집 밖의 어딘가에 갖는 것이 유행이다. 독일의 슈필라움은 놀이와 공간을 합친 말로 나만의 놀이 공간을 뜻한다. 스페인의 케렌시아는 투우 경기장에서 소가 마지막 결전을 앞두고 잠시 쉬는 곳을 뜻한다. 바쁜 일상에 지친 현대인들이 나만의 휴식처를 찾는 현상을 말한다. 자기만의 방 혹은 동굴이 반드시 집 안에 있을 필요는 없다는 생각으로 주변에서 케렌시아를 찾는다.

나도 원룸 오피스텔을 빌렸다. 내가 꿈꾸는 방과는 상당히 거리가 멀었지만, 흰색의 긴 테이블과 의자를 샀다. 그리고 작은 소파 하나와 러그 한 장. 좋아하는 커피잔과 예쁜 냄비 하나, 동생이 조그만 냉장고도 선물했다. 책상으로 쓸 테이블 위에는 빨간 꽃이 핀 도자기 선인장 두 개, 탁상시계를 올려놨다. 손뜨개 받침과 함께.

작은 원룸이 나의 온 세상이 되었다. 하루에 1시간, 어느 날은 30분. 오가는 시간보다 머무는 시간이 짧았지만, 너무나 아늑하고 행복했다. 소파에 누워만 있어도 마음은 백만장자다.

'그래!, 삶은 그렇게 애쓰며 살지 않아도 돼.' 누군가가 나의 어깨를 다독이는 것 같았다. 창의력이 퐁퐁 샘솟는 기분으로 글도 한 편 써 보았다.

꿈같은 기간은 보름, 실제로 24시간을 채 누리지 못하고 끝났다. 춘천으로 발령이 나면서 모든 것을 접어야 했다.

집은 하나의 정물, 사람의 개성이 더해져야 비로소 생명을 얻고 주인의 향기를 머금는다.

나는 오늘도 차창 밖 이 골목, 저 골목을 기웃거리며 열심히 나의 케렌시아를 찾는다.

울프와 걷다

온몸이 눅눅하다. 집과 사무실을 릴레이하며 에어컨 속에 살다 보니 서늘한 냉기 속에 습하고 퀴퀴함이 언뜻언뜻 몸을 드러낸다. 햇살이 그리워 문을 열고 뙤약볕이 극악을 떨고 있는 정오의 데크에 발을 얹는다. 주위가 조용하다. 거리에 사람이 없다. 눈 맞출 대상이 사라져 버렸다. 강렬한 한낮의 불볕이 바람과 소리를 집어삼켰는지 섭씨 38도의 열기가 무서워 몸을 숨긴 건지 알 수 없다. 소양호의 물마저 기력을 잃어 숨을 멈추고 정박해 있는 몇 척의 배는 더위에 갇혀 늘어져 있다

주변을 잠시 둘러보다 달궈진 팔등을 쓰다듬으며 사무실로 돌아온다. 110년 만의 더위라고 모두 혀를 내두르지만 쨍한 햇빛은 나를 한껏 고양시켜 기껍다. 이 여름이 절정을 끝내고 나

면, 나는 바람 빠진 풍선처럼 납작해져 내면을 향해 숨어들겠지. 자연의 일부인 나를 실감한다.

버지니아 울프의 「런던을 걷는 게 좋아, 버지니아 울프는 말했다」를 읽는다. 올해 여름은 울프와 나는 셈이다. 속도가 붙지 않는 그녀의 책을 섭렵했지만, 「댈러웨이 부인」에서 울프를 본다. 작품 속의 댈러웨이 부인이 들뜬 걸음으로 런던 거리를 누빈 것처럼 울프는 런던 산책을 즐겼다. 이 책은 울프가 1931년 12월부터 1년간 「굿하우스키핑」이란 잡지에 런던풍경을 연재했던 글이다. 그녀의 산책은 템즈강 하구에서 런던 부두, 옥스포드 거리를 지나 첼시의 칼라일 하우스, 헴스테드의 키츠 하우스를 걷고, 런던 한복판의 대성당, 사원과 하원의사당을 통과해 주택가 골목으로 이어진다.

울프는 런던 부두에 서서 바다를 바라보며 정박지를 향해 올라오는 배들의 출항지를 상상했다. '담배에 불을 붙이고 싶은 사람이 있기에 버지니아산 담배가 담긴 통들이 육지로 운반되겠지.' 기중기를 움직이고 항해 중인 선박을 불러들이는 것은 우리의 취향과 유행과 요구다. 우리 내부에서 새롭게 자라는 욕망을 알아내려고 무역은 초조하게 우리를 주시한다고 울프가 말한다.

옥스퍼드 거리를 느긋한 걸음으로 울프와 나란히 걷는다. 옥스포드 거리의 현란한 번쩍임이 거대한 리본 다발처럼 보여. 나름대로 매력적이지. 경매, 수레, 저렴한 가격, 광채 이 모두를 고려하면 옥스퍼드 거리는 일종의 번식자이자 감각의 온상이야. 거리에는 천 가지 목소리들이 항상 아우성쳐. 모두 긴장으로 팽팽한 현실의 목소리지. 이 기기묘묘한 불협화음을 수용할 수 있도록 먼저 자기 음을 조율해 두고 거리를 관찰해. 무심하고 무자비하게 넘실대는 삶은 투쟁이고 모든 건축물은 소멸하며, 모든 과시는 허영임을 런던 거리가 나에게 상기시켜 줘.

걸으면서 사물과 존재의 의미를 사색하고 질문을 계속한다. 산책은 그녀에게 가장 큰 휴식이며 세상을 바라보고 생각하고 글을 쓸 재료를 제공해 준다. 자신을 매혹하고 자극하며, 연극을 보여주고 이야기와 시를 들려준다.

'어제는 아주 보람된 하루였어. 글 쓰고 산책하고 책을 읽었어.' 오늘도 홀가분하고 상쾌하게 들뜬 걸음으로 런던 거리를 누빈다.

버지니아 울프는 일찍 어머니를 여의고, 신경쇠약이 발병했다. 이 증세는 내면에 잠복해 있다가 몇 해에 한 번씩 수면에 떠오른다. 그때마다 힘든 터널을 하나씩 지나왔다. 런던을 떠나 전원으로 내려왔으나 이 불안증세는 점점 더 심해져 간다. 어제, 남편 레너드가 그녀를 억지로 병원에 데려가 의사와 상담을 했다. 정신병원에 입원했던 일이 떠오른다. 자신의 생을 유지시켰던 글도 이제는 쓸 수가 없다. 점점 더 심해지는 병을 이번에는 버텨낼 자신이 없다. "나는 이걸 결코 이길 수 없다는 걸 알아요. 나랑 당신의 삶을 소모시키고 있어요. 이 광기가 말이죠."

울프는 어렸을 때 이복오빠에게 성추행을 당했다. 이 기억으로 레너드와 성생활이 없는 결혼을 약속받았다. 레너드는 그녀의 지성을 사랑하고 존중했다. 그녀의 책을 출간할 곳을 찾기 힘들자 출판사를 차려 그녀의 책을 내주기도 하는 헌신적인 사람이었다.

이제 이 고통을 끝내고 싶었다. 마음이 바뀌기 전에 일을 끝내려고 허둥지둥 레너드에게 마지막 편지를 쓰고, 빠르고 거친 걸음으로 강가에 다다른다. 지팡이를 내려놓고 주머니에 돌을 가득 채운다. 이 광기로부터 자유를 얻고 싶다. 그녀는 런던의 템즈 강가를 걸었던 들뜬 걸음으로, 우즈강 속으로 걸어 들어간다. 울프가 마지막 산책을 끝냈다. 울프와 함께 런던을 걷다가 나도 마지막 장을 덮는다.

오늘은 영하 10℃를 기록한 날이다. 얼음이 살갗에 닿는 듯 쨍한 냉기에 정신이 난다. 연말, 짧은 휴가를 끝내고 춘천으로 향한다. 춘천까지 이십여 개의 터널이 이어져 있다. 저절로 긴장하게 되는 터널 앞에서 울프가 생각났다.

　나도 울프처럼 선뜩한 두려움으로 터널에 들어서고, 안도감과 함께 나오기를 반복하고 또 반복한다.

시간은 그렇게

58년 개띠. 올해로 한 갑자를 제대로 돌아 새로 한 살이다.

나에게는 도무지 오지 않을 것 같은 시간이었다. '휴우' 하는 긴 안도감과 함께 묘한 슬픔이 가슴을 서늘하게 휩쓸며 지나간다. 여러 가지 생각이 뒤엉켜 이리저리 서성이다 어둑한 창밖을 내다본다. 하루의 일과를 끝내고 바쁘게 집으로 돌아가는 퇴근 차량의 긴 불빛 꼬리에 내 삶이 투영된다.

심야 음악프로 〈별이 빛나는 밤에〉. 별밤지기 이문세의 재치 있는 입담과 음악은 매일 밤 나를 라디오 앞에 불러들였다. 팝송이 주는 색다른 음색과 리듬이 큰 파장이 되어 마음에 물결치고 노래하는 사람들이 훌쩍 나에게로 뛰어들어와 그들의 세계를 펼쳐낸다. 이 순간, 미지의 세상에서 누군가는 이 노래를 부르고, 수없이 많은 낯모르는 얼굴이 제각각의 삶에 울고, 웃으며 순간을 살고 있겠지. 상상만으로 가슴이 뛰었고 지구 전체를 동경하게 되었다.

58년 개띠가 사람들에게 알려지게 된 것은 인기가 많았던 이 프로에 1958년에 태어난 재미있는 연예인들이 여러 사람 초대되고, 그들의 코믹하고 친근한 이미지가 사람들에게 각인되면서가 아니었을까. 베이비부머 세대 중에서 아이가 가장 많이 태어난 해였고 입시제도 변화 같은 여러 사회적 의미를 부여하지만, 개띠라는 친숙한 이미지가 한몫했으리라 생각한다.

아들과 딸이라는 드라마가 있었다. 남아 선호사상 때문에 쌍둥이로 태어났으나 늘 뒷전이었던 후남이와 막내딸 종말이. 나도 그 시대에 태어났다. 어린 시절 우리는 콧물을 흘리며 고무줄놀이와 술래잡기로 좁은 골목을 이리저리 뛰어다녔다. 동네는 어린아이의 울음소리와 개구쟁이들의 소리로 들썩였다. 아카시아 꽃을 따먹으며 인왕산에 올라가 낭떠러지 치마바위에서 미끄럼을 타는 묘기를 부렸다. 텔레비전 앞에 모여 박치기왕 김일의 레슬링 경기에 감격했다. 겨울밤, 윗목의 자리끼가 얼고 입김이 나오는 방에서 졸음을 참으며 "메밀묵, 찹쌀떡 사려!" 외치는 소리를 기다렸다. 골목을 지날 때 분뇨 지게와 마주치면

코를 막고 몸을 비틀어 담벼락에 바짝 안긴다. 생사탕(生蛇湯) 가게를 지나며 한약재로 만든 사탕은 어떤 맛일까 매번 궁금했다.

그 시절 우리의 언니들은 직물공장에서, YH 지퍼공장에서, 버스 안내양으로, 먼 타국의 간호보조원으로 한 가정의 기둥 역할을 했다. 오빠와 남동생의 학비를 마련하고 가정의 캐시 카우(cash cow)가 되기 위해 고향을 떠나 객지에서 고된 노동을 하던 시절, 나는 그들의 한 편에서 학교를 다녔다. 삼월에 태어나 일곱 살에 학교를 들어가 중학교는 시험 대신 추첨으로 학교를 배정받았고, 고등학교는 마지막 시험세대다. 예비고사와 본고사를 거쳐 우연찮게 공과대학에 들어가 남자의 세계에 첫발을 들여놓았다. 그들은 남자라는 사실 하나로 여자 위에 군림하려 들었다. 딸만 있는 집에서 태어나 남녀차별은 모르고 살아 이해할 수 없었다. 취직을 하고 남성 중심의 사회에서, 아웃사이더로서 패미니즘을 이해하기 시작했다.

58년 개띠를 둘러싼 사회는 농업 중심사회에서, 1970년대 석유화학, 조선과 제철산업으로, 1980년대 자동차와 정밀기계산업 그리고 1990년대 반도체와 정보통신산업으로 빠르게 발전해 왔다. 우리는 그 소용돌이 속에서, 가난을 경험했고, 지금의 세계 경제 10위의 풍요를 누리며 살고 있다. 58년 개띠는 양극의 사회를 동시에 경험한 마지막 세대가 아닐까.

우리의 시간은 사회의 애환과 변혁을 온몸으로 겪으며 환갑이 되었다. 이제 60세를 전후로 퇴직을 하고 무대에서 내려와야 할 시간이다. 경쟁과 좌절 속에 고군분투하며 오늘에 다다른 우리, 이 모든 열정과 정보는 하나의 씨앗으로 응축되어 다음 세대를 위한 희망의 불빛이 되겠지. 한 갑자를 돌아보며 마음속에 일어난 회한과 쓸쓸함을 따뜻한 생강차 한잔으로 녹여 본다.

오늘은 오랜만에 라디오를 켜고 강타의 〈별이 빛나는 밤에〉를 들으며 잠을 청해 볼까.

알라딘은…

'알라딘과 마법램프'는 페르시아, 인도, 이집트 등지에서 전해 내려오는 민담이나 전설 등을 모은 아라비안나이트(천일야화)에 나오는 이야기다. 프랑스인 앙투안 갈랑이 이 이야기를 수집해 세상에 소개하였다.

원전에서 알라딘은 중국의 어느 왕국, 무스타파라는 재단사의 아들이다. 하는 일 없이 시장 거리를 떠돌던 알라딘이 마법사의 꼬임에 빠진다. 동굴에 끌려가서 요술 램프를 가져오고, 램프의 요술로 술탄이 된다. 마법사는 요술 램프를 되찾기 위해 헌 램프를 새 램프로 바꿔준다는 소문을 낸다. 공주는 아무 생각 없이 알라딘의 요술 램프를 새 램프로 바꾼다.

중국이 배경이다. 비단이 실크로드를 통해 중앙아시아에 전해지면서 먼 미지의 중국을 이상향의 나라로 생각했던 것이 아닐까. 주인공은 마법사와 알라딘이고, 지니는 단순히 소원을 들어주는 도구로 등장한다. 공주는 사려 깊지 못한 알라딘의 배우자일 뿐. 남성 중심의 일차원적인 판타지 그림이었다.

지니를 만난 건 열 살 무렵이었다. '내 사랑 지니'라는 미국 드라마에서. 지니는 이천 살이 넘은 아리따운 요술쟁이다. 뱅스타일 앞머리에 포니테일로 묶어 올린 머리를 얇은 히잡으로 살짝 가린 지니가 눈을 깜빡이면 소원이 이루어진다.

지니는 우주비행사인 토니 넬슨 소령을 주인으로 섬긴다.

토니가 비행 중이던 우주선이 고장 나 해안가에 불시착하고, 그곳에서 호리병을 발견해 지니를 만난다. 토니와 지니의 사랑 이야기다. 토니에게 관심을 가진 여자가 토니를 만나기 오 분 전, 식탁 위의 소스가 날아 그녀의 옷에 쏟아진다. 당황한 그녀가 퇴장한다. '톰과 제리'가 우리에게 웃음을 주듯, 아기자기한 생활형 요술을 펼쳐낸다.

이 시트콤이 상영되던 때는 미국과 러시아의 우주 경쟁이 한창이던 시기였다. 이 시대적 요구로 우주비행사인 토니 넬슨 소령이 주인공인 알라딘이 된다. 전형적인 미국식 로맨틱 코미디다.

디즈니랜드사의 영화 '알라딘'을 보았다.

영화의 첫 장면은 사람이 된 요술쟁이 지니가 사랑하는 아내와 아이들을 돛단배에 태우고 푸른 바다를 가르며 지나간 일을 들려주면서 시작이 된다. 바다 건너 사막을 지나 겨우 만날 수 있는 머나먼 신비의 왕국 '아그라바'에는 향신료의 그윽한 향과 아름다운 비단이 가득한 복잡한 시장 거리가 있다. 사람들에게 거지나 좀도둑으로 불리는 알라딘이 원숭이 '아부'와 함께 시장을 화려하게 누빈다. 그들의 장난과 경쾌한 움직임이 리드미컬하고 박진감 있게 펼쳐진다.

알라딘이 공주를 만나기 위해 왕궁에 들어갔다가 마법사 자파에게 잡혀 램프를 찾으러 동굴 안으로 들어간다. 얼떨결에 잡은 램프 안에서 근육질에 몸집이 큰 지니가 나온다. 몇 천 년 동안 햇빛을 보지 못한 파란 얼굴로 작은 램프에 구겨져 있던 지니가 기지개를 켜고 스트레칭을 하면서 등장한다.

영화에 등장하는 인물은 모두가 주인공이다. 알라딘, 자스민 공주. 요술쟁이 지니 그리고 마법사가 개성 있는 주인공이 되어 줄거리를 이끈다. 그들이 펼쳐내는 다양한 재미가 4D만큼 입체적이다.

이 영화에는 다양한 국적의 사람들이 캐스팅되었다. 다른 영화에서 보이는 백인 우월주의와 다르다. 요술 램프에 어울리지 않는 근육질의 흑인 윌 스미스가 지니가 되어 상상하기 힘든 힙합의 춤과 노래로 관객을 흥겹게 한다. 오랜 세월을 산 지니의 빛나는 위트와 조언으로 알라딘을 이끌고 영화 전체를 주도한다.

비단과 향료가 펼쳐져 있는 시장과 왕궁은 우리가 상상했던 모습을 잘 재현했다. 신밧드의 모험에서 나오는 마법 양탄자가 등장하여 영화에 박진감을 더했다.

자스민이 공주이기 때문에 다른 나라의 왕자에게 무시당하는 장면은 우리를 화나게 한다. 자스민은 '난 침묵하지 않아'라는 노래로 의연하게 화답한다. 이전의 공주와는 다른, 그녀의 의지를 보여주었다. 이제 그녀 스스로 술탄이 된다.

중요한 소원 얘기를 해보자, 지니는 세 가지 소원을 들어준다고 한다.

알라딘은 냉큼 동굴 밖으로 나가게 해달라고 한다. 이 소원은 램프를 문지르지 않아 서비스로 제공되고, 마법 양탄자와 함께 밖으로 나온다. 소원 하나, 자스민 공주를 만나게 해달라는 청에 알라딘을 부유한 왕국의 왕자로 만들어준다. 두 번째, 마법사가 알라딘을 바다에 던지지만, 램프의 힘으로 목숨을 구하게 된다. 세 번째, 알라딘은 자신의 욕심을 버리고 지니를 사람으로 만들어주어 시녀와의 사랑을 이루게 해준다.

반면, 램프를 빼앗은 마법사는 왕이 되는 소원을, 그리고 자신을 배신한 사람을 없애기 위해 강력한 마법사로 만들어달라고 한다. 세 번째는 더욱 욕심을 부린다. 누구보다 강한 자가 되게 해 달라고 말해 램프 속의 지니가 되어 영원히 갇히게 된다.

내 앞에 지니가 나타나 세 가지 소원을 물으면 어떻게 할까. 내가 20대라면 페리스 힐튼 같은 억만장자, 브래드 피트처럼 멋진 남자와의 결혼, 그리고 에릭 요한슨의 천재적 재능이 아닐까. 그러나 지금의 나이에서, 내 소원은 우선 1년 중 석 달 정도 집 밖에서 살면서 낯선 곳을 경험하고 싶다. 둘째, 지금의 건강으로 30년 더 살기. 마지막으로 나만의 명작을 하나쯤 남기고 싶다. 젊은 시절에는 요술쟁이나 들어줄 수 있었던 큰 소원이 이제 인생의 버킷리스트가 되어있었다. 열심히 버킷리스트를 향해 걷다 보면 어쩌면 이룰 수 있을 정도로.

대대로 구전되어 오는 알라딘은 오랫동안 우리의 판타지로 자리 잡아 변화하는 세상을 반영하면서 진화해 간다. 지니의 역할이 램프요정에서 사랑하는 여인으로, 친구로 변화해 가듯. 소원은 현실에 맞게 조정되어 진화해 가겠지.

내가 없는 세상에서 알라딘은 어떤 모습을 보여줄까.

환경운동의 방향

4대강 사업은 이해관계에 따라 해석이 다르고 보는 관점이 다르다. 그에 따라 4대강의 보(洑)는 오늘은 살아나고, 내일은 부수어져야 하는 위태로운 처지로 이리저리 흔들린다. 여론이 들끓는다. 타협점 없는 흑백논리다. 지역주민이나 물을 이용하는 사람들의 의견을 듣고 장·단점을 파악한 후, 국익이라는 관점에서 평가되어야 한다. 정치적으로, 아니면 자신의 목적과 이해에 맞게 한쪽에 치우친 설명을 하고 여론을 한 점으로 모으려는 잘못을 범해서는 안 된다. 그런 의미에서 4대강 사업은 우리나라 환경운동의 여러 측면을 우리에게 보여주고 많은 생각을 하게 한다.

우리나라 환경운동은 1980년대, 환경문제가 본격적으로 불거지면서 시작되었다. 1981년 한국공해문제연구소가 처음으로 설립되고, 1991년 낙동강 페놀 방류 사건을 계기로 환경운동연합, 녹색연합과 같은 대표적인 환경운동 단체가 생겼다.

환경운동은 자연환경을 보호하기 위해 벌이는 사회운동으로, 개인적인 차원으로 생활 속에서 환경보전을 실천하는 소극적인 의미보다는 많은 사회 구성원들이 참여하여 지속 가능한 환경을 유지하려고 노력하는 운동을 말한다. 환경운동은 환경파괴 실태를 널리 알리고 정부, 기업, 개인 등 각 행위자가 환경에 부담을 주지 않도록 환경파괴 행위를 감시함으로써 정부의 정책과 기업의 활동에 변화를 유도한다.

그동안 우리나라의 환경운동은 어려운 여건에서 환경보호를 위한 다양한 활동을 해왔다. 특히 시민들의 참여와 지원이 부족한 환경에서 정책 입안, 실행 과정과 기업 활동에 대한 감시를 지속함으로써 환경운동이 자리 잡고 뿌리내릴 수 있었다. 환경영향평가를 제대로 거치지 않은 사업에 문제를 제기하고 지리산, 점봉산, 덕유산 보호 운동, 시화호 살리기, 새만금 간척사업, 동강댐 건설 중단, 핵폐기장 건설 반대 운동 등 중요한 이슈마다 잘 대처해 왔다. 최근에는 4대강 사업이 환경에 미칠 영향에 대한 재검토를 요구하고 있다.

환경운동단체의 이러한 노력으로 시민들은 환경운동이 무엇이며, 우리가 해야 할 일은 무엇인지 알게 되었고, 환경운동의 기반도 어느 정도 갖추었다. 이제 환경운동은 한 단계 도약하기 위해서 지금까지의 문제점을 찾아 보완하고 수정하여 새로운 방향으로 나아가야 할 시기이다.

우리나라 환경운동이 개선해야 할 점을 살펴보자.

우리나라 환경운동은 주로 정부 정책에 대한 비판과 문제 제기에 치우친 경향이 있다. 정부와 대기업의 활동을 감시하는 역할이 주가 된 원인은 시민이 다수 참여하는 환경단체의 수가 적었고, 초기 환경운동의 기반 확대를 위한 어쩔 수 없는 선택이었다고 생각된다. 그러나 이제 환경운동의 활동 범위는 더 넓어지고 다양해져야 할 것이다.

그리고, 시민들의 참여 유도에 소극적인 편이다. 이는 한국의 환경운동이 주로 정부와 기업 감시에 중점을 두었고, 환경단체 활동가와 전문가 등 소수가 주도적으로 사안을 결정하고 회원들은 그 단체를 지지, 지원하는 형식에서 벗어나지 못하기 때문에 시민들이 직접 참여할 기회가 적었다.

또한, 전체 지구적 환경변화 문제에 국제적인 연대와 활동을 하지 못하고, 주로 국내 이슈에 대응하는 활동을 전개하고 있다.

지구 환경은 급속도로 파괴되어 가고 있다. 기후 변화로 말미암아 남극, 만년빙이 녹고, 사막화, 일조량 감소, 집중 호우가 발생하고 있다. 또 대기, 수질, 토양, 해양 오염 등으로 산성비, 토양 산성화, 산사태, 생물 다양성의 감소 등 환경변화가 매우 심각하다. 환경문제는 한 나라의 문제로 그치지 않고 다른 나라에도 큰 피해를 주기 때문에 국제 연대를 모색해야 한다.

앞으로 우리나라 환경운동의 나아갈 방향에 대해 몇 가지 제안한다.

우선, 환경 운동은 지구를 보호하기 위한 국제적 연대 방안을 마련하고 조직을 양성하여야 할 것이다. 다른 나라의 환경운동 단체와 긴밀한 협조를 통해 각종 환경 파괴의 결과들이 복합적으로 서로 연결되어 나타날 결과들을 보여주고 그 위급함을 널리 알려야 한다. 인류가 공동으로 택하여야 할 과제가 무엇인지를 찾고 환경 파괴를 최소화할 수 있는 대안을 모색하여야 할 것이다.

그리고, 환경운동의 저변 확대와 자발적인 시민 참여 방안을 강구해야 할 것이다. 다수 시민의 참여와 지지자 확보가 환경운동의 동력이기 때문이다.

사람의 활동이 환경에 미치는 영향을 제대로 파악하기 위해서는 인문학, 사회학, 공학과 동·식물학 등 여러 분야에서, 다양한 관점으로 바라보고 의견을 수렴해야 하므로 각 분야의 전문가가 모여서 활동하는 단체가 필요하다.

환경문제의 올바른 판단과 대안의 제시는 직간접적으로 이해관계가 없는 단체와 시민에 의해 이루어져야 한다. 따라서 환경을 위해 봉사할 시간을 할애할 수 있는 전문가나 퇴직 이후 자신의 재능을 기부할 수 있는 전문가 그룹이 봉사의 형태로 활동하는 환경단체가 조직되어 환경문제에 대처하는 방안이 필요하다. 환경운동은 인간의 활동이 환경에 미치는 나쁜 영향을 최소화하여 환경을 지키려는 목적에서 출발하였다. 이것이 직업이 되어 자신의 생계를 유지하는 방법이 되고, 나아가 정치적인 힘으로 작용하면 본연의 취지가 퇴색하기 쉽기 때문이다.

우리나라의 환경운동은 저변 확대가 되지 않은 어려운 환경에서 여러 이슈에 비교적 잘 대응해왔다. 앞으로 많은 환경단체와 시민들의 참여로 더 넓은 외연의 확대를 기대해 본다.

참고문헌 :

1. 환경운동(한국민족문화대백과, 한국학중앙연구원)
2. 우리 눈으로 보는 환경사회학, 한국환경사회학회, 창비, 2004

3. 현대 환경문제의 재인식, 최병두, 한울, 2003

4. 아시아 태평양 지역의 환경문제, 환경운동, 환경정책, 양종화, 서울대학
   교 출판부, 2002

5. 한국의 여성환경운동, 문순홍, 아르케, 2001

6. 한국환경운동의 사회학, 구도완, 문학과 지성사, 1996

보호받는 남자

남녀 신입사원이 입사한 지 한 달이 지났다. 선배 사원들이
　커피를 마시며 그들을 평가한다.

남 : 눈치가 빨라서 일을 찾아 할 줄 알고 예의가 바르군. 보직
　　을 잘 관리해 주면 훌륭한 사원이 되겠어. 든든하군.

여 : 몸매 좋고 예쁜데 애교도 많아. 사무실 분위기가 좋아지겠
　　어.

어제 3차까지 회식을 하느라 새벽이 되어서야 집에 들어갔다.

남 : (어제 무리했나 봅니다. 저 휴게실에서 잠시 쉬다 오겠습니
　　다.)

여 : (졸음이 오고 피곤해. 흐트러지면 안 돼. 저 남자 동기는

어떻게 상사에게 쉬었다 온다는 말을 자연스럽게 할 수 있
지. 동성이라서? 나는 역시 남성 중심사회에 끼어든 이방
인이군.)

인사 시즌이 되어 전국으로 발령이 날 예정이다.
남 : 편찮으신 부모님을 보살펴 드려야 한다네. ㅉㅉ 효자야. 원
　　하는 대로 배치해 줘야 하겠군
여 : 아이들이 너무 어려서 다른 지역으로 발령이 나면 안 된다
　　고 고충 상담을 했어. 언제까지 배려해야 하지? 자신과 가
　　정밖에 몰라. ㅉㅉ 여자들은 직업의식이 없어서 저런다니
　　까.

승진 심사 일정이 잡혔다.
남 : (승진 대상자입니다.)
　　그럼 그럼. 열심히 해. 자신을 적극적으로 알리도록 해.
여 : (이번에 저도…)
　　우리 조직문화가 여성을 간부로 받아들일 분위기가 아니
　　야. 이렇게 인사하고 다니는 것도 나는 선배니까 이해하
　　지. 오히려 마이너스야. 직원들 눈에 안 띄게 조용히 있어.
　　혹시 정치권에 아는 사람이라도…

(일 잘하는 직원을 선발하는 것이 인사의 기본이고, 대상
자가 자신을 올바르게 알리는 것은 심사를 돕는 일인데,
조용히 있으라는 말은 승진을 시키지 않겠으니 설치지 말
란 뜻이지.)

사내 결혼 커플이 승진 대상자가 되었다.
남 : 직장인으로 보면 와이프가 훨씬 유능한데. 어쩐다. 그래도
　　남편이 먼저 승진해야 가정이 편안하지.
여 : 본인은 경쟁력이 있으니까 내년에 승진하고 올해는 남편에
　　게 양보하는 게 순리야.

사무실 책상 위에 가족사진이 놓여 있다.
남 : 가정적이군. 보기 좋아. 가정이 편안해야 일에 몰두할 수
　　있는 거야
여 : 그럴 거면 집에서 아이나 들여다보고 있지. 뭐 하러 사무실
　　나와.

성희롱 사건이 생겨 여기저기서 웅성거린다. 남녀 선배들이
　　말한다.
남 : 피해자가 여러 명인데. 가해자가 미남인 걸 보니 여자들이

좋아해서 시샘 때문에 문제가 생긴 건 아닐까. 그래도 가
해자를 파면시키다니. 한 집안을 망가뜨리고 자기들은 발
뻗고 잔다고? 대체 뭐가 그렇게 잘 났어. 여자들이란 참.
일을 키워 누가 더 망신이지. 시집은 다 가겠군.

여 : 바로 위의 상사이고, 회식 자리를 매번 피했다가는 낙오될
테니 그러기도 힘들었겠지. 서로 자기 담당이 아니라고 떠
밀어서 여러 곳을 전전하며 상담하느라 고생했겠어. 피해
사실을 여러 번 말하기가 무척 힘들었을 텐데. 제2, 제3의
피해자를 염려해서 인사 조치를 원한 거였고, 원칙을 적용
하니 파면이 된 거지. 한 집안의 가장이 스스로 지키지 않
은 가정을 왜 다른 남자 모두가 나서서 지켜주며 분노하지.

페미니즘은 휴머니즘이다

세계 여성의 날에, 후배를 위한 특강을 요청받았다.

인간 본성에 대해 종종 생각을 해보곤 하지만, 여성과 남성을 분리하여 토론하는 것을 좋아하지 않는다. 차별로 느껴지기 때문이다. 이번 기회에 그동안 피상적으로 생각해 오던 페미니즘을 정리하고 나의 경험을 객관적으로 평가해 본다.

페미니즘이란 무엇인가

페미니즘(여성주의)은 오래전부터 이어져 왔던 남성 중심의 이데올로기에 대항하여 사회 각 분야에서 여성의 권리와 주체성을 확장하고 강화해야 한다는 이론과 운동을 가리킨다. 즉 남성 중심적인 사회에서 차별적인 대우를 받아온 여성들이 사회가 정해놓은 여성에 대한 고정관념을 탈피하는, '성(Sexuality)'에서 기인하는 차별과 억압으로부터의 해방을 주장한 것이다.

　현대 페미니즘의 선구자는 최초의 페미니즘 선언서로 알려진 〈여성의 권리 옹호〉(1792)를 작성한 영국의 메리 울스턴 크래프트이다. 이후 19세기에 들어서면서 점차 여성에 대한 차별에 대항하고 여성의 권리를 요구하는 조직적인 페미니즘 운동이 전개되기 시작했는데, 이러한 흐름은 크게 3세대로 나눌 수 있다. 1세대는 여성의 참정권을 요구하여, 1920년 여성들의 참정권이 인정되었다. 2세대는 사회 모든 분야에서의 평등과 성적 해방을 추구하였다. 이들은 직장에서 노동환경과 임금수준 개선으로 직장에서의 평등, 가정에서의 평등, 여성의 성 역할에 대한 사회적 편견 배제 등 사회 전반적인 분야로 범위를 넓혔다. 이 시기 사상적으로 시몬 드 보부아르의 〈제2의 성〉이 큰 영향을 미쳤는데 보부아르는 여성은 태어나는 것이 아니라 만들어진다는 실존주의 견해를 밝혔다. 3세대는 계급, 인종 문제 등으로 확대되는 시기로 나눌 수 있다.

　평등의 의미

　이러한 사조를 크게 평등이라는 측면에서 분류해 보면, 기회의 평등에서 조건의 평등, 그리고 결과의 평등으로 발전해왔다.

성 중립적 평등에서 성 차이를 반영한 평등주의로 변화해 왔다고 볼 수 있다.

기회의 평등은 여성 문제를 해결하기 위해 가장 기본적이고 최소한의 목표인, 여성의 참정권, 교육권, 노동권을 요구한 운동이다. 이 운동으로 여성은 기본권을 얻을 수 있었으나 사회적, 문화적으로 차별이 여전한 상황에서 이것만으로는 여성의 지위 향상에 큰 도움이 되지 않는다는 사실이 드러났다.

조건의 평등은 기회의 평등이 갖는 현실적 한계를 메우기 위해, 여성 노동자의 출산휴가를 보장하고 아동 보육시설을 이용할 수 있도록 배려하였지만, 이 또한 문화적으로 뿌리 깊은 남성 중심의 사회에서 오는 여러 이데올로기를 넘지 못하였다.

결과의 평등은 오랜 차별로 인해 심각하게 열등한 상태에 처해 있는 여성을 평등한 결과에 도달하기까지 점진적으로 대우하려는 생각에서 제안된 평등개념이다. 적극적 우대조치와 할당제가 이에 해당하며, 정치부문의 할당제, 고용부문의 할당제와 목표제는 오래전부터 누적된 차별적 조건을 극복하기 위한 한시적인 조치다.

경직된 할당제는 일정 직위나 자리의 일정 비율을 무조건 여성에게 할당하는 것이다. 동일가치 자격의 할당제는 동일 자격 또는 동일가치의 자격이 있을 때 여성을 우선으로 고려하는 형태이다. 최소자격요건 할당제는 규정된 비율이 달성될 때까지 여성이 그 직에 필요한 최소한의 자격만 갖추면 다른 후보자의 자격 요건에 상관없이 여성을 임용하는 제도이다. 할당제가 헌법상의 평등권을 침해한다는 반론도 제기되고 있다. 그러나 할당제나 기타 여성우대조치는 남녀가 실질적으로 평등한 위치에 도달하기 위한 수단으로, 헌법의 평등권 규정에 합헌이라는 견해가 다수이다.

우리나라의 여성운동

우리나라에서 여성은 역사의 주인이나 주권자라기보다 주역을 담당한 남성들의 내조자였다. 조선시대, 가부장적인 양반사회를 유지하기 위해 여자에게 엄격한 정절과 내외를 강요하였고, 이런 제도 속에서 한 집안을 울타리 삼아 살아온 것이 여성의 삶이었다. 여성운동의 출발은 19세기 말, 일본의 침략으로 나라가 위기에 놓이자 국권을 지키려는 구국운동으로 시작되었다. 여성단체들과 지도자들은 독립운동에 평등한 참여를 주장하였고, 여성들의 애국의식은 1907년 전국적으로 일어난 국채보상 운동에서 두드러지게 나타났다. 한국 여성운동은 개화기와 일제 치하의 사회적인 여건에 따른 애국운동으로 시작되었다는 특수성을 갖고 있다. 서양에서처럼 여성의 인권이나 민권을 주장하는 운동은 따로 없었다. 1948년 민주 헌정의 수립과 함께 여성들에게도 정치, 교육, 노동 등 여러 분야에서 평등권이 보장되었다. 이들 권리는 쟁취한 것이 아니라 주어진 것이다.

현실에서의 페미니즘

1934년생인 엄마 이름은 득남 씨다. 남자를 낳고 싶은 염원으로 이름을 지었지만, 외할머니는 딸을 낳았고, 엄마도 딸만을 낳았다. 여성주의 입장에서 엄마의 이름은 지독한 남아 선호사상을 세상에 대놓고 드러내고도 염치조차 모르는 처사일 것이다. 반면 우리는 딸이 더 좋다고 생각하는 친할머니와 아버지의 보호 아래, 페미니즘의 관점에서는 비교적 차별을 모르고, 딸들만의 울타리에서 조용히 살아왔다. 여고를 졸업하고 공과대학에 입학했다. 처음으로 남자들의 사회에 발을 들여놓은 대학에서 '적어도 내가 남자인데' 하는 말에, '그래서. 무슨 우월의식일까.' 의문이 들었고 이해할 수 없었다.

졸업반이 되자 모두 입사시험 준비를 하는데 나는 할 일이 없었다. 채용조건이 군필 남자로 제한되어 있어서 일반기업에서는 입사서류조차 받을 수 없다. 우여곡절 끝에 공기업에 들어가니 공채로 입사한 여직원은 처음이었고, 곳곳에서 그들만의 리

그가 시작되었다. 선,후배가 서로를 끌어주는 줄 세우기 문화에서 여성은 분명한 이방인이었다. 승진시험에 합격하고 나니 아직 여성을 관리자로 받아들일 수 없는 조직 분위기라 고심했다는 후일담이 들렸다. 남성 중심의 사회에 뛰어든 아웃사이더에게는 모든 면에서 다른 기준이 적용되었다.

사례들을 정리하고 의견을 물었다. 반응은 두 부류로 나뉜다. 직장생활을 오래 한 남녀는 '그거 뭐 흔한 일이고, 다 아는 사실 아닌가'라고 말한다. 다른 부류는 '그래요. 이거 시사성 있는 일인데요.'라며 극명하게 달랐다. 자신들이 사는 세상은 너무 익숙하여 보편타당한 일로 받아들여지고 있었다.

영화 「82년생 김지영」이 화제다. 여주인공 김지영은 착한 남편과 그녀를 도와주려는 주변 사람이 있어 일반 기준으로 볼 때 비교적 배려받는 사람이다. 그러나 김지영은 자신의 존재가 없어진 상황이 혼란스럽고, 옆에서 어쩔 줄 모르고 도우려는 착한 남편의 노력이 눈물겹다. 김지영을 보면서 여성 관객은 눈물을 흘린다. 한, 두 장면쯤 자신의 경험이 이입되면서. 몇몇 남성 관객은 이해할 수 없다. 직장에서 자신들의 겪는 노동의 강도와 스트레스는 그림자가 되어 사라지고, 도가 넘는 페미니즘만 자리 잡은 것으로 느낀다. 회사에서 일하느라 힘을 소진하고 퇴근해서는 바로 집안일에 돌입하는 남자 주인공의 노력에도 불구하고 힘들어하는 김지영을 이해할 수 없다.

이 영화를 보면서 양쪽에서 서성대고 있는 우리를 본다. 양성평등을 바라보고 있지만 실현되지 않은 현실과의 사이에서 갈등하고 있다. 사장이 모든 권한을 갖고 해고를 하는 중소기업에서 남에게 말하지 못할 고민을 겪는 여성, 공식적으로 성차별이 없는 곳에서도 기업문화와 같이 보이지 않는 차별이 여전한 현실이다.

페미니즘은 휴머니즘이다

남자들은 페미니스트를 싫어한다. 나도 페미니스트를 좋아하지 않았다. 늘 피해의식에 사로잡혀 강하고 날카롭게 공격하는 잘난 사람들로 잘 못 인식되었기 때문이다. 직장생활에 지쳐갈 즈음 나는 그들이 왜 페미니스트가 되었는지 이해하기 시작했고, 여성을 페미니스트로 내모는 이 사회가 싫어졌다. 여배우 제니퍼 로렌스가 "왜 페미니즘이란 단어에 두려움을 느끼는가. 그 단어는 평등을 의미할 뿐이다. 페미니스트가 아닌 사람들은 성차별주의자이며, 페미니스트는 보통 사람일 뿐이다."라는 말은 많은 의미를 함축한다. 페미니즘은 여성 우월주의를 주장하는 것이 아니라 서로를 존중하자는 휴머니즘인 것이다.

여성의 사회진출이 선택이 아닌 필수가 된 요즘, 자녀의 수가 적어지면서 내 아이는 소중하게, 내 아내는 사회에서 평등하게 대우받기를 바란다. 월급이 통장으로 들어오는 시기부터 여성이 경제권을 갖게 되고 가정 내에서 입지가 커져 모계사회로 회귀한다는 농담이 들린다. 가정에서의 양성평등은 궤도에 오른 듯하다. 그러나 사회와 직장에서는 상황이 달라진다. 내 가족이 아닌 타인의 아내와 딸들에게는 옛날 관습대로 불평등한 역할을 기대한다. 이제 사회에서도 페미니즘이란 단어는 휴머니즘을 의미한다는 것을 인정하고, 문화 속에 깊이 뿌리내려 옛말 사전에서나 찾아볼 수 있는 구어가 되어야 한다.

참고문헌

1. 시사상식사전, pmg 지식엔진연구소, 박문각
2. 새여성학 강의, 한국여성연구소, 동녘
3. 법 여성학 강의, 이은영, 박영사
4. 한국의 여성운동 – 어제와 오늘, 이효재, 정우사
5. 현대여성해방사상, 헤스터 아이젠슈타인, 이화여자대학교 출판부

Her의 자의식을 위한

인문학과 과학의 통섭

박양근

(문학평론가, 부경대 영문과 명예교수)

인간의 삶은 두 가지로 구분된다. 하나는 살기 위한 일상적 삶이며 다른 하나는 존재하기 위한 인식의 삶이다. 전자가 의식주를, 후자는 정신적 개안을 토대로 한다. 작가는 소명에 가까운 집념으로 읽고 사색하고 글을 쓴다.

　백경희의 삶도 남다른 이력을 지닌다. 화공학과를 졸업하고 수자원공사에 입사하여 남성들과 경쟁하는 가운데 직장인으로서 성공담을 이루었다. 국문학과에 갈까, 가정학과에 갈까를 갈등하는 가운데 풍부한 독서력도 쌓았다. 그 후 책 속의 주인공들과 충만한 삶을 공유하면서 소확행과 가능성을 생의 지표로 삼게 되었다. 정년을 맞이하면서 자아 정립을 확인하려 한다. 그 결실이 ≪Her, 그녀의 가능성≫이다.

　백경희가 상재한 에세이집은 자전 평전이면서 "허 스토리"라는 성격을 지닌다. 백경희 '그녀'는 자신의 성취로써 다른 여성들의 가능성을 격려한다. 유화 같은 묵직한 사유와 수채화 같은 담백한 언어로 여성의 아우라를 엮고 싶은 것이 작가의 문학적 욕망이다. 그리고 지금까지 읽은 소설과 관람한 연극과 미술전에서 떠올린 여성 주인공의 이미지를 다양한 수사법으로 펼쳐낸다. 그 내용과 형식을 집적한 에세이집이 ≪Her, 그녀의 가능성≫이기도 하다.

1. 인유: 문학 속에서 자아 찾기

백경희가 만나려는 사람은 현실보다는 소설과 드라마와 미술관에 산다. 동질의 감정과 욕망을 지닌 그녀와 등장인물들은 서로의 내밀한 심정을 나누는 생의 동행이자 대화의 반려자들이다. 나아가 자신들의 좌절로써 상대가 지닌 가능성을 발견하도록 하는 초자아이면서 멘토이기도 하다. 작가는 소설과 현실 속의 그녀들에게 애정의 시선을 보낸다. 자신의 믿음을 확인하기 위해 유명 문사(文辭)를 원용하고 작품의 문취(文趣)를 변용한 인유법을 구사한다.

작가의 자전적 고백은 〈작은 대화〉에서 시작한다. 이성과 지성, 감성과 논리성 등 다면적 기질을 가진 작가는 여성소설에서 숱한 타자들을 만난다. 그 만남은 더없이 경건하다. 손님을 맞이하듯 테이블에 레이스를 깔고 소설 〈마담 보바리〉, 〈오만과 편견〉, 〈댈러웨이 부인〉을 나란히 얹는다. 이런 자세는 품격 있는 여주인을 연상시켜주고 대화의 품격도 높여준다. 여성의 사랑과 욕망, 사회의 냉대와 남성들의 무감각에 대한 대화 방식은 마치 빅토리아 시대의 살롱문화를 떠올려줄 정도이다. 등장인물과 작가는 우아하게 장식된 실내를 둘러보고 잘 다듬어진 정원을 거닐고 연인들에게 편지를 쓰는 듯하다. 이 모든 인유는 그녀들이 겪은 갖가지 희로애락의 그림자를 반영해준다.

> 따뜻한 차 한 잔으로 마음을 추스르고 싶다. 엘리자베스의 시선에서는 위안을, 엠마에게서는 결이 다른 동질감을 느낀다. 자신은 과거를 돌아보면서 마음을 풀어내고 있지만, 엠마는 삼류 연애소설에서 본 헛된 사랑과 열망을 꿈꾸다 인생을 망가뜨렸다. 그녀의 미숙하고 연약함. 자기만의 삶과 방을 갖지 못한 채 비극을 맞은 그녀에게 연민과 비난이 섞인 복잡한 시선으로 그녀를 바라본다.
>
> ─〈작은 대화〉 일부

백경희는 자의식은 복잡하지만 강인하다. 주변 사람들이 그녀의 내면을 공유하기 힘들 정도로 그녀의 자아는 자기만의 문학과 직장과 예술에 거주한다. 이루지 못한 열망에 좌절하고 자기만의 방을 갖지 못했을 때도 그녀의 모습이 흐트러지지 않았음은 여타 작품으로도 확인된다. 그런 작중인물들은 "여러 성향이 뒤섞인" 그녀가 한 방향을 향해 달려가도록 도와준 삶의 안전장치였다.

이것이 첫 에세이집에 ≪Her, 그녀의 가능성≫이라는 제목을 붙인 이유이다. 성(姓)은 물려받지만, 지금은 개명천지(改名天地)가 되어 자신이 원하고 이루고자 하는 정체성을 가늠하는 이름을 붙일 수 있다. "너의 삶은?"이라는 질문은 무수한 추상명사를 떠올린다. 꿈, 이상, 행복, 불행, 성공, 구원, 순수……. 갖가지 이름이 그녀들의 삶과 운명이 무엇임을 전해주고 있다.

백경희가 선택한 이름은 '가능성'이다. 그녀가 지닌 잠재성과 가능성을 결정화한 작품을 열거하면 수집 취향을 소개한 〈수줍은 컬렉터〉, 직장 내의 분위기를 여성적 관점으로 노출 시킨 〈지금은 대치 중〉, 여성주의는 모든 사람에게 적용 가능한 인문주의적 태도라고 말하는 〈페미니즘은 휴머니즘이다〉 등이다. 〈Her〉에 관한 적품도 두 편을 실었다. 이런 작품들은 여성성에 대한 작가의 폭넓은 공감을 반영할 뿐 아니라 그녀와 그녀들의 세계를 서로 이어주는 길목이라고 하겠다.

〈Her, 그녀의 가능성〉은 리움미술관에서 열린 설치미술전 〈세상의 모든 가능성〉을 관람한 내용이다. 작품의 의의는 엘리아슨의 전시품을 나름의 개념으로 인식한 데 있다. 예술은 존재하지 않은 가능성을 새롭게 구현하듯이 엘리아슨 화가와 백경희 작가는 기존의 물체에서 새로운 의미를 생성해낸다는 점에서 일치한다. 환풍기, LED 등, 이끼 벽, 유리구슬 은하단, 무지개를 설치한 화가의 의도에 부응한 작가는 작품 소재를 우주와 인간과 자연을 연결하는 매체로 읽어낸다. 예술의 상상력을 삶의 가능성으로 전환 시킨 것이다. 작가는 환풍기에서 젊은 시절의 바람과 아버지의 장례식에서 받은 죽음의 바람을 떠올린다. 빛의 흐름에서는 끊임없는 감정의 동요를 자각하면서 변화를 가능성으로 풀어낸다. 이끼 벽은 차단벽이 아니라 자연으로 뛰어들 수 있는 무한가능성으로 바라본다. 유리구슬 은하단에서는 우주와 자아 간의 소통을 재확인함으로써 자신이 의식과 존재가 항상 역동적으로 변할 수 있다는 믿음을 갖게 된다.

이 전시는 예술과 삶의 역동적인 관계를 다시 생각하는 계기가 되었다. 고정적이고 상식적인 사고에 새로운 바람을 일으켰다. 빛과 시간을 의식의 흐름대로 좇아가보면 숨겨져 있던 어떤 가능성이 모습을 드러낼까. 내 안에 숨 쉬고 있는 바람과 빛은 무엇일까. 그들은 시간의 궤적에 따라 무엇이 되어 나타날까. 내 안의 가능성을 들여다본다.

― 〈Her, 그녀의 가능성〉 일부

미술관에서 형성된 인유는 삶의 안팎에서 자연스럽게 이어진다. 승용차 좌석에 놓인 원고지를 "새로운 인식과 경험"의 현장으로 바라보는 것이다. 즉, 세상은 허(그녀)의 삶을 성찰하고 새로운 가능성을 모색하는 또 다른 미술관이라는 것이다.

〈Her〉는 화학적 용해를 삶에 응용한 실험성 에세이다. 화공학과에서 습득하고 수자원공사에서 체득한 지식으로 여성의 다양성과 가능성을 살핀 기법이 돋보인다.

"그녀는 Her다." 간결한 서두는 3인칭으로 자신의 생활과 성격을 밝히겠다는 작가의 결연한 의사표시를 반영한다. 자신은 무표정하게 하루를 스케줄 대로 움직이며 인생을 기다림이라 여기고 취미는 예쁜 것을 수집하는 것이고 성격은 담백한 수채화 같다고 소개한다. 독자는 화자가 백경희 당사자임을 알아차린다. 여성 독자들은 '허'가 자신이라고 여기고, 남성 독자들은 여성에게 이러한 부드러운 재능과 꿈이 있음을 비로소 알게 된다. 작가는 여성에게는 미래지향적 욕망을, 남성에게는 그녀들의 실존성을 제대로 알지 못한 죄책감을 갖도록 비유와 대조의 문체로 작품을 풀어낸다.

작품은 두 부분으로 나눠진다. 전반부를 요약한 문장은 "한마디로 정의한다면 예쁜 일상을 꿈꾸며 소확행을 즐긴다"라면 후반부는 무라타 사야카가 발표한 ≪편의점 인간≫에 대한 독서론으로 이루어져 있다. 편의점 직원인 게이코는 기계적인 일상을 정상적이라고 여기고 아무런 변화를 시도하지 못하는 '나'라는 정체성을 상실한 여성이다. 작가는 그녀에게 "망가지는 방법을 모르고 쟁취할 열정도 없다"라고 질책하면서도 잠재력을 일깨워주려고 노력한다. 그녀가 구사하는 언어는 "그러면, 그녀에게 …을(를) 넣어보자"라는 청유형이다. 한 스푼의 설탕을, 한 움큼의 소금을, 한 스푼의 마라 소스를 넣으면 그녀는 화학반응을 일으키며 변신한다. 설탕은 사랑을 하는 여인으로, 소금은 한 분야의 전문가 여성으로, 마라 소스는 존재를 향해 나아가는 사람으로 변화시킬 것이라는 기대이다. "없다는 것은 역설적으로 무한한 가능성을 갖고 있다"는 모순어법을 현실로 만드는 백경희의 언술은 모든 바람에게 가능성의 희망을 던지고 있다.

직업에 대한 작가의 열정은 〈워터소믈리에〉에서 살필 수 있다. 이 작품은 "건강한 물, 맛있는 물"을 홍보하기 위해 전문가 자격 프로그램을 창안한 그녀의 투철한 직업관을 소개해준다. 남다른 창의력과 아이디어로 생명의 근원으로서 물은 수분공급원에서 건강의 근원으로 나아가야 한다는 인식을 정립한 그녀의 열정을 보여주는 사례라고 하겠다.

〈게으른 여자〉는 치열한 경쟁 구도에서 휴식을 취하려는 작가의 욕구를 드러낸다. 그녀는 천성적으로 게으름과 멀다. "내 꿈은 게으른 여자였다."라고 말하지만, "푹신한 소파에 몸을 맡기고 매니큐어가 마르기를 기다리며 엄지와 검지로 조심스럽게 패션잡지를 넘기는" 게으름은 나태가 아니라 다음의 창조를 위한 시간임을 알아야 한다. 생의 마라토너에게는 한가로움은 게으름이 아니라 노동의 대가로 응당 받을 만한 안식이다. "푹신한 소파, 매니큐어, 패션잡지, 꽃, 취미 생활"이라는 여성적인 분위기와 아낙들이 '흉으로 표현되는' 남편과 자식 자랑도 분명 인생의 행복과 여성 내면에 잠재하는 욕망의 일부이다. 그 현실을 인정하는 작가도 자신의 '의지와 상관없는 운명의 강'을 따라왔으므로 비감과 달관이 뒤엉킨 시선으로 자신을 되돌아보는 것이다.

백경희의 에세이는 지성과 감성으로 직조된 삶의 얼개와 같다. 가족이라는 소재를 생략하면서 자아계발이라는 '나의 이야기'에 초점이 맞추어져 있다. 마치 몽테뉴의 에세이처럼 개인의 존재성, 사회적 자아, 인문학적 성찰로써 현대 여성은 누구여야 하는가 라는 철학을 제시한다. 무엇보다 독서와 학문에 능한 여성 화자를 등장시킴으로써 여성담론에 인문학적 무게를 주고 있다.

2. 풍유: 남녀 정체성에 관한 성찰

백경희의 여성론과 남성론은 여성주의를 바탕으로 이루어진다. 여권주의자로서 그녀는 남성의 권위를 비방하지는 않지만, 여성에 대한 그들의 무관심을 비판한다. 사회제도가 남성을 보호하고 있다고 여기는 그녀는 여성의 잠재력이 남성에 못지않다고 믿는다. 성차별인 아닌 능력 차이는 누구나 가진 한계라고 여기는 휴머니티스를 긍정한다는 점에서 진정한 인간 평등론자이기도 하다.

작가가 지닌 여성의 불가역의 운명론을 보여주는 작품에 〈슈뢰딩거의 고양이〉가 있다. 우연의 굴레에 묶여 어찌하지 못하는 고양이의 신세에 비유된 그녀와 그녀의 어머니와의 관계를 아우성과 절규의 모티프로 다룬다. 그녀에게 병든 어머니는 벗어날 수 없는 멍에이다. 어머니도 나름 육신의 고통에 얽매여 있다. "삶이 미분, 적분으로 표현되든" 인간의 신세는 슈뢰딩거의 고양이가 아니면 아인슈타인의 주사위와 다름없다. 눈을 뜨고 또 하루를 살아간다는 숙명은 죽음으로 마무리될 때 비로소 '슈뢰딩거의 고양이'의 처지에서 벗어날 수 있다. 여성의 실상에 대한 작가의 인식을 대변한 이 작품은 '인간의 몸과 마음에는 여러 아우성이 겹쳐 있다'는 명료한 문장으로 요약된다.

작가는 앞서 진취적이고 적극적인 문체로 자신의 삶을 제1부에서 펼쳤다. 그러나 여성론을 시작하면서 염세주의적 인생론으로 변한 것은 주목할 만하다. 작가는 뭉크의 '절규'를 빌려와 인간의 하루하루는 고통스럽고 동시에 그런 상황에서 벗어나 자유롭게 살고 싶은 욕망과 싸운다고 말한다. 하지만 '슈뢰딩거의 고양이' 신세에서 벗어나기는 쉽지 않다.

고양이론 외에도 남녀차별을 거론하면서 시대의 모순을 해결하려는 작가의 서술방식은 풍유법을 따른다. 풍유는 상징성을 지닌 인물인 사물을 빌려와 인간의 행동에 대한 진리를 풀어내는 방식으로써 작가는 연극, 영화, 소설의 등장하는 인물의 상징성을 오늘의 여성 문제에 응용한다. 그녀는 예술작품에 등장하는 대부분의 여성들은 일종의 희생자로 간주한다. 그러나 그녀들이 기회를 가지면 당당하게 일어설 수 있으리라고 믿고 자신이 이루어낸 가능성을 전수하려 한다. 인간은 언제나 현실과 이상, 실제와 공상 사이에 있으므로 인위적인 제도에 의하여 선택권이 거부되어서는 안 된다고 믿는다. 이런 동기와 기법을 바탕으로 작가는 페미니즘 수필을 기획 집필한다.

테네시 윌리엄즈의 연극 〈유리 동물원〉을 보고 쓴 후기록이 〈그 후 이야기〉이다. 유니콘의 뿔처럼 깨어진 로라의 운명을 작가는 해체하여 재구성한다. 그럼으로써 〈그 후 이야기〉는 독서 감상문에서 벗어나 독자수용의 번안형 전기로 발전한다. 로라가 결혼이라는 제도에 안주하려는 수동성 자세에서 벗어나 수석정원사로 성장하는 등장인물로 새롭게 창조된다. 어머니와 남자의 영향이 아니라 여성과 인간으로서의 가능성을 실현하는 자아의 세계로 로라를 안내하여 유리 인형에 집착했던 소심한 성격보다 모두가 사랑하는 그녀만의 매력을 가진 여성이 되도록 한다. 작가는 경제적, 사회적 독립이 그녀들을 당당하고 아름다운 여성으로 진화시키고 운명을 넘두리가 아니라 자신의 개척일기를 스토리텔링 하도록 설정함으로써 독자수용의 수필쓰기 영역을 선보였다.

〈차별과 구별〉은 미국 NASA의 머큐리 프로젝트 현장에서 수학적 재능으로 인종차별을 극복한 캐서린의 삶을 실화로 다룬 영화이다. 숨은 영웅의 뜻인 "히든 피겨스"는 흑인 여성의 인내가 이룬 성공담이면서 인종적 편견을 비판하는 인문학적 주제를 갖는다. 페미니즘과 흑백차별이라는 무거운 소재이지만 거침없이 펼쳐지는 영웅 서사가 더욱 인상 깊은 까닭은 작가 자신의 전기적 스토리조차 풍유 기법으로 사용하기 때문이다.

인간이란 어디서든 주변의 냉대와 고된 업무에 시달리는 '을'의 입장에 처해진다. 사회 도처에 존재하는 불평등 차별을 극복하는 방법은 실력과 재능을 발휘하여 주변으로부터 독립 인격체로서 인정받는 것이다. 이 작품을 쓰고 있을 동안 작가 백경희는 남성이 중심이 된 대학 시절과 직장 분위기와 사회 여러 곳에서 의식적, 무의식적 차별을 경험하였을 것이다. 그 심적 상처로 인하여 그녀는 캐서린의 분노에 더욱 공감하고 무개념인 남성들의 독선에 더욱 분개하였다. 나아가 여성들이 좌절하지 않도록 동지애로 격려하기 위해 작가는 다음과 같이 말한다.

차별은 신분이나 인종차별과 같은 사회적 벽으로 인해 기회를 균등하게 가질 수 없는 상황을 뜻하며 구별은 각 개인의 개성과 능력을 인정하여 개체의 다양성을 수용하는 것이다.

— 〈차별과 구별〉 일부

"히든 피겨스"의 키워드는 차별과 구별의 의미론적 간격이다.

차별이 신분이나 성, 피부색처럼 건널 수 없는 단절을 의미한다면 구별은 다름만을 인정함으로서 차별이라는 상황이 교정될 수 있다는 가능성을 의미하는 언어이다. 2006년 『타임지』가 '올해의 인물'로 'YOU'를 선정한 것은 가능성을 자산으로 하여 차별을 극복하고 운명을 바꾸려는 사람을 응원하고 보호하는 사회제도를 건설해야 한다는 메시지를 담고 있다. 작가는 여성 문제를 해결할 방안으로써 자신의 삶을 투사시킨 글쓰기를 계속한다. 그럼으로써 ≪Her, 그녀의 가능성≫은 여성과 모든 인간을 위한 휴머니즘의 에세이 기법을 더욱 탄탄하게 다져가고 있다. 그녀의 어조도 지성적 논리와 감성적 호소력을 지님으로써 시대에 적합한 담론으로 인정받게 된다.

〈모파상에게 보내는 피해보상 청구〉라는 제목의 수필은 독자의 연륜에 따라 소설 읽기가 어떻게 달라지는가를 보여준다. 소설은 17세 잔느가 살아온 희망과 사랑과 좌절을 펼쳐내지만 제목 〈여자의 일생〉처럼 '모든 여성의 삶은 이렇다'가 정형적 패턴으로 이해된다. 동일한 나이에 이 소설을 읽은 작가도 여자의 일생을 자신에게 적용하여 본다. 여자는 부모의 보살핌에서 벗어나 적령기의 사랑을 거쳐 아이를 낳는 결혼을 지나면 권태에 빠진 남편의 바람기를 맞이한다. 이러한 삶을 받아들일 수 없었던 작가는 "여자의 일생"이 자신의 미래가 되지 않도록 노력하는 가운데 오늘의 백경희가 되었다.

인생을 웬만큼 살아 성인이 된 지금 그녀는 〈여자의 일생〉을 다시 읽는다. 성인으로서 그녀는 돌이킬 수 없을 만큼 생의 틀을 갖추었다. "인생이란 그렇게 좋은 것도 나쁜 것도 아니다"라고 여긴다. 이 시점에서 그녀는 제목부터 새롭게 살펴본다. 원래 모파상이 설정한 제목은 '어떤 일생'이었으나 번역과정에서 "여자의 일생"으로 바뀌었음을 발견한다. '어떤 일생'은 잔느라는 특정 여성의 이야기일 뿐, "그녀의 일생"이 아님을 재확인한다.

당신(모파상)은 하나의 픽션으로 여자의 삶을 보여주었을 뿐, 그 관점에서 인생을 통찰하고 더 나은 삶으로 나가기 위한 노력은 내 몫이었죠. 잔느의 일생은 나의 삶 속에 스며들어 은근히 나를 재촉하고 돌아보게 했어요. 당신의 숨겨진 의도대로 나는 내 일과 자기만의 방을 갖게 되었지요. 가지 못한 길의 아쉬움은 남겨놓은 채로…

이제 내 인생의 책임을 당신에게 전가하고 싶은 마음과 원망을 내려놓아야겠어요.

모파상씨! 당신은 위대한 예술가였어요.

— 〈모파상에게 보내는 피해보상 청구〉 일부

잔느의 일생과 백경희의 일생은 나름 유니크하다. 소설 새로 읽기에서 그녀가 이룬 것은 '삶의 주인은 자신이어야 한다'는 인식이다. 이것은 여성차별을 극복하는 첫걸음이다. 자신의 일생을 '내 몫'으로 형성해가도록 충동질한 모파상의 소설쓰기의 진의를 비로소 이해한다. "당신의 숨겨진 의도대로 나는 내 일과 자기만의 방을 갖게 되었지요."라는 고백은 ≪허(Her), 그녀의 가능성≫을 집필하여 모파상처럼 작가가 되었음을 알려주는 전언이 된다.

3. 환유: 통섭으로 구축한 인생 해석

백경희는 학구적 논리를 바탕으로 인생에 새로운 방정식을 세운다. 감상주의적인 미문은 자신뿐만 아니라 다른 사람들을 설득하기 힘들다는 작품론을 가지고 있다. 그녀가 사용하는 삶의 해석 도구는 다양하다. 인생에 감성적으로 접근하고 싶을 때는 연극 미술 문학 드라마 같은 인문학과 예술의 감수성을 빌린다. 이것은 자신과 그녀로서 여성들의 삶을 풀이할 때 감동과 공감을 불러일으키는 효과를 준다. 인간이 무엇이라는 인생론을 설파할 때는 논리적 방식을 선택한다. 수학 기하학 화학 자연과 같은 학문이 지닌 이성과 논리적 체계가 인문학적 효용성을 문학에 도입하는 그의 수사는 다른 사물로써 특징의 연계성을 따지는 환유와 비슷하다.

자신의 삶에 자신감을 확보한 작가는 주변 사람들을 설득해나간다. 이성과 감성, 냉정과 열정을 조화롭게 겸비하여 인간에 대한 성찰은 주관적인 성향이 아니라 객관적인 이론임을 보여준다. 그 예는 "수학은 군더더기 없고 다른 길로 빠지거나 유혹당하지 않는 올곧은 사랑과 같다."는 직유에서 찾을 수 있다. 그녀에게 수학은 대학 시절부터 지금까지 올곧은 삶의 지침 역할을 한다. 수학은 논리적이며 문학은 감성적이므로 양자를 결속한 그녀는 자신의 수필이 기법과 주제에서 남다르기를 기대한다.

"수학으로 인생을 풀어보고 싶다'는 그녀의 실험이 반영된 〈수학과 인생〉은 어느 작품보다 풍유성이 두드러진다. 더하기와 빼기는 정형화된 일상과 같다. 곱하기와 나누기는 일 년에 한 번 정도 일상에서 벗어나는 휴가여행이다. 인수분해는 많은 인간관계에서 내가 좋아하는, 나와 닮았거나 취미가 같은 함수로 분해하여 그들과 공유할 수 있는 그룹을 만들어준다. 인생살이는 초보다 작은, 순간을 단위로 나를 차곡차곡 쌓아가는 적분이다. 우리 삶은 찬란한 가벼움 속에서 미분으로 그 자태를 드러낸다. 게다가 아무리 단단하게 쌓인 적분도 미분 값 0을 만나면 결국은 0으로 수렴된다는 수학 원리는 인간의 삶에도 고스란히 적용된다. 그래서 작가는 허무와 무상함조차 느낀다고 고백한다.

더하기, 빼기, 곱하기, 나누기와 같은 사칙연산은 우리의 일상생활이고, 미적분은 정신세계의 영역이다. 수학에서 미적분이 어려운 것처럼, 인생살이에서도 너무나 어려운 미적분이다. 감정, 경험 그리고 삶의 누적이 이루어낸 복잡한 무늬 때문일까.

– 〈수학과 인생〉 일부

그녀가 풀어낸 인생 방정식은 과학 에세이와 철학 에세이의 양면성을 지닌다. 〈수학과 인생〉은 과학과 인문학을 통섭하여 현대수필이 간절히 찾고자 하는 실험성과 낯설게 하기의 전범을 예시한다. 학문 간의 통섭만으로도 현대수필 문제작의 요건을 충족시킨다는 점에서 작가에게 거는 기대가 남다르다.

〈원운동에 갇힌 사람〉은 구심력과 원심력으로 인간의 운명과 삶의 현상을 풀이한다. 수십억 년 운행하는 태양계처럼 인간은 만나는 대상에 따라 알맞은 거리와 속도를 갖는다. 이런 개인적 사이와 사회적 거리를 운동물리학으로 설명하는 작가는 가장 강력한 원운동 법칙에 좌우되는 것이 사랑이라고 설명한다. "사랑은 구심력이 원심력보다 크거나 같을 때까지 유지된다"는 설명은 사랑이 썰물처럼 빠지는 것은 상대방의 변심 때문이 아니라 사랑의 원심력이 작용한 탓이라고 풀이하면서 "누구의 잘못이 아니다"라는 결정론을 제시한다. 그녀의 원운동론에 따르면 인간의 행동은 개인의 의지가 아니라 우주의 맹목적인 법칙에 좌우된다는 자연주의와 합류한다. 거역할 수 없는 물리적 법칙 같은 습관과 성향이 인간의 행동을 결정한다는 것이다. 이처럼 작가는 인간의 삶에 적용되는 과학적 인문주의에서 시선을 떼지 않는다.

숫자의 배열(配列)로써도 인간사회의 서열을 살펴본다. 〈이어 바라보기〉에서 작가는 이 층 카페에서 내려다본 사람의 행렬을 동물의 왕국에서 벌어지는 쫓고 쫓기는 먹이사슬로 여긴다. 그러면서 등을 돌려 그들을 세우면 어떻게 되느냐고 진지하게 질문한다. 당연히 "먹이사슬 정점에 우뚝 섰던 가장 진화된 인간"이 꽁지에 서게 된다. 애정 사슬에서 강자였던 "애정이 덜하거나 이성이 우위인 나쁜 여자 또는 남자"도 순식간에 추락한다. "뒤로 돌아"라는 구호만으로도 최하위 개체가 새로운 정점으로 솟는다는 인간사회는 바로 풍유와 풍자의 진앙이 아닌가.

"하위의 반란"이라는 모티프는 〈턴오버(Turnover)〉에서 재현된다. 이 작품은 위아래가 뒤바뀌는 댐저수지의 물로써 사람의 감정교차와 인생 반전을 풀이해낸 흥미로운 구성을 지닌다. 댐저수지 물이 수온에 따라 표층수, 중층수와 심층수가 바뀌듯 사람도 참을 수 없는 한계에 다다르면 감정과 이성이 뒤바뀐다는 것이다. 잘 짜인 감정에 불이 켜지면 어떤 방향으로 갈지 예측이 어렵다고 말하면서 "나에게 턴오버는 언제 일어났을까"를 생각한 끝에 "심층에는 문학이, 표층에는 수학이 자리 잡고 있다"는 답을 얻는다. 그 점에서 〈턴오버(Turnover)〉는 작가에게는 자신의 인생 반전을, 독자들에게 그들의 인생 전환점이 무엇인지를 묻는다.

작가는 일상적인 사람들의 삶에서도 정치적 사회적 현상의 일부로 응시한다. 그에게 모든 현상은 그냥 일어난 것이 아니라 새로운 변화로의 개연성을 지니면서 과학적 법칙을 따르는 모순이다. 인간은 그 과정에 놓인 자신을 바라본다는 점에서 결정론을 삶의 일부로 받아들인다.

≪Her, 그녀의 가능성≫에는 남성론을 다룬 작품이 상대적으로 드물다. 남성 중심의 직장 구조를 풍자한 〈보호받는 남자〉를 빼면 그녀가 직접 대면한 남자에 대한 기록은 찾기 어렵다. 그녀는 소설을 통하여 여성을 등장시켰듯이 남성도 물이라는 상징을 통해 등장시킨다. 수필 〈바다로 떠나는 오디세이〉는 물의 속성과 남성의 성격을 일치시킨 은유의 남성론이다. 물이라는 소재가 그녀의 직업의식에서 비롯한다는 점은 〈워터소믈리에〉, 〈턴오버(Turnover)〉, 〈환경운동의 미래〉를 합치면 더욱 분명해진다.

그녀가 한때 알았고 앞으로 찾으려는 남성은 물 이미지로 구현된다. 바위틈에서 솟아나는 샘물은 아이디어와 언어구사력이 샘솟던 남성을 떠올려준다. 소양호는 깊은 마음을 가졌지만, 음성이 나지막하여 미처 알아듣지 못했다. 양평 계곡의 강물은 앞만 보고 열심히 달려온 사람을 생각하게 한다. 그러나 샘과 호수와 강이 물의 원형이 아니듯이 그들은 이상적인 남성의 이미지를 모두 지니지 못하였다.

그녀에게 이상적인 남자는 개선문을 당당하게 들어오는 용사이다. 강인하고 고난에 굴복하지 않으면서 묵묵히 걷는 남자만이 "소금을 품은 바다처럼 밀도가 높은 사람"이다. 바다는 샘과 호수와 강을 포용하면서 그것들이 갖지 못한 위엄과 인내와 용기를 가진 존재라는 것이다.

작은 샘에서 발원하여 바다에 이르기까지 전생의 모든 기억을 받아들인 바다. 원죄가 소금처럼 담겨있다. 바다는 억센 바람과 파도에 부딪히며 부활을 기다린다. 세상을 힘차게 유동하며 맑게 정화된 물이 흘러들어온다. 생명력을 가득 담은 강물이다. 바다가 구원된다.

– 〈바다로 떠나는 오디세이〉 일부

백경희는 바다 같은 용사와 용사다운 바다를 흠모한다. 여유가 마련되면 이국으로 떠나 하염없이 바다를 지켜보는 〈3월의 썸머데이〉도 "바다 같은 사람이 가까운 곳에 있을까"라는 그녀의 내면을 반영한다. 어쩌면 그녀의 이상적 남성도 소설 속에 살고 있을지도 모른다.

사람은 현실 위에서 살지만, 이상을 쳐다본다. 이상적 상대를 찾기 위해 책을 읽고 연극을 보고 글을 쓴다. ≪Her, 그녀의 가능성≫을 숙독할수록 백경희만큼 이상계를 추구하는 작가가 드물다는 것을 알게 된다. 달리 말하면 소설과 연극과 미술에서 떠올린 주인공들은 그녀의 창작을 활성화시킨 아바타 자체라고 할 수 있다.

후기: 그녀의 독자에게

문학은 작가의 방이다. 현실에서 "증발"하여 자신만의 삶의 생명수를 얻을 수 있는 단 하나의 공간이다. 나만의 방으로서 창작은 "내 목소리를 내고 자유롭게 유영할 수 있는 틈을 주는 공간"이라고 작가는 말한다. 특히 수필은 집과 직장이라는 일상을 떠나있으면서도 삶과 접속하는 심미적 세계라는 특성을 갖고 있다.

백경희는 ≪Her, 그녀의 가능성≫을 통해 자의식을 턴오버시킨다. 그녀의 심리세계가 일으킨 숫자에서 문자로, 타자에서 자아로의 전환은 그녀가 원하는 철학을 정립한다. 새롭게 존재함을 표방하는 그녀의 작품들은 지금까지 한국 수필계에 소개되지 않았던 시각과 소재, 과학과 문학의 통섭, 여성과 휴머니즘에 대한 인문학적 사색, 비유를 통한 주제성은 작가의 수필이 지닌 장점이라 하겠다. 이런 특성이 반영된 ≪Her, 그녀의 가능성≫은 백경희의 수필적 역량을 담보하고도 남음이 있다.

Her, 그녀의 가능성